Punto de Encuentro
con los Clásicos

Antología
de cuentos
hispanoamericanos

Recopilación de Anabel Sáiz Ripoll

Dirección Editorial
Raquel López Varela
Coordinación Editorial
Ana María García Alonso
Maquetación
Susana Diez González
Diseño de cubierta
Francisco A. Morais
Ilustración de cubierta
Carmen Andrada (del libro *Cuentos populares de Iberoamérica*
de la colección Trébol de Oro de Ediciones Gaviota)

SEGUNDA EDICIÓN

© EDITORIAL EVEREST, S. A.
Carretera León-La Coruña, km 5 - LEÓN
ISBN: 978-84-441-4587-7
Depósito legal: LE. 619-2013
Printed in Spain - Impreso en España
EDITORIAL EVERGRÁFICAS, S. L.
Carretera León-La Coruña, km 5
LEÓN (España)
Atención al cliente: 902 123 400

Introducción

El cuento se puede considerar una variante de la narrativa. No comenzó a adquirir importancia como género literario hasta finales del siglo XIX, ya que se le asociaba con la tradición popular, la cual no fue muy bien valorada en la preceptiva literaria. En este sentido cabe hablar de, al menos, dos tipos de cuentos, el popular y el literario.

El cuento popular o de tradición oral es anónimo y se ha transmitido de generación en generación. Suele presentar unas estructuras fijas bien características como la fórmula de entrada y de salida.

El cuento literario, a menudo, se inspira en el popular, con que comparte la brevedad, pero se diferencia de este en su originalidad, la diversidad de temas y estilos que maneja, así como la estructura, que suelen ser novedosa e innovadora.

El cuento, por su brevedad, se adapta muy bien a las necesidades del hombre actual, ya que, al ser de poca extensión, el autor entra de forma rápida en el asunto que le interesa. Un cuento es como una piedra preciosa: nada sobra, todo tiene un papel y cualquier elemento tiene importancia. El lector apresurado no tiene por qué dejar la lectura interrumpida ya que puede leerlo de manera rápida. Ahora bien, para que sea un buen cuento debe captar la atención del lector desde el principio al fin; de ahí que no sea un género fácil para el escritor ni mucho menos un género menor.

Los cuentos del siglo XIX solían escoger como tema un acontecimiento importante en la vida del personaje; en cambio, el cuento del siglo XX y el actual reflejan cualquier momento, incluso sucesos sin aparente importancia. No hay, a menudo, un final cerrado, sino que son historias que suelen dejar al lector perplejo o sorprendido.

En España el cuento ha sido cultivado, entre otros, por Baroja, Valle-Inclán, Pérez de Ayala, Ignacio Aldecoa, Camilo José Cela, Miguel Delibes o Carmen Martín Gaite, sin olvidar a autores actuales como José María Merino y varios más. Es un género que en Hispanoamérica, como veremos, ha alcanzado altas resonancias. Así, Borges, García Márquez, Miguel Ángel Asturias o Julio Cortázar han sido grandes cuentistas.

El cuento es, junto con la novela, uno de los géneros más cultivados en la narrativa hispanoamericana contemporánea. La mayoría de los grandes autores han escrito relatos de indudable calidad y originalidad. Muchas de las innovaciones literarias del llamado «boom» de la novela hispanoamericana, incluso, se han fraguado primero en los cuentos.

Comúnmente la crítica establece dos periodos creativos en torno a la cuentística:

— El cuento de los años 40 y 60.

— El cuento de los años 60 hasta la actualidad.

Si nos fijamos en el primer grupo, encontraremos grandes autores. Destaca, sin duda, Jorge Luis Borges. A partir de 1930, comenzó a escribir lo que él llamó «ficciones». Algunos de sus libros de cuentos destacables serían: *El Aleph, Historia Universal de la Infamia, Ficciones*, o más tarde, *El informe de Brodie* y *El libro de arena*. Todas sus narraciones repiten una serie de temas obsesivos: el mundo caótico y sin sentido, el destino y la fatalidad, el mundo como laberinto, el paso inexorable del tiempo, el tiempo cíclico, la imposibilidad de conocer el mundo, el carácter artificial e ilusorio de la realidad... Se caracterizan, asimismo, por una gran originalidad estructural.

Destacan también los relatos de Juan Rulfo, autor de los quince cuentos que componen *El llano en llamas* (1953), en los que trata la dureza de la vida rural mexicana en su primitivismo y su pobreza física y moral.

No hay que olvidar los tres relatos de Alejo Carpentier recogidos en *Guerra del tiempo*. Juan

Carlos Onetti, en suma, es otro gran cuentista, que proyecta los temas de sus novelas en sus cuentos: *Tiempo de abrazar, Tan triste como ella y otros cuentos.*

Desde los 60, ha ocurrido que las grandes novelas han eclipsado en parte a los relatos, aunque es injusto puesto que se han seguido publicando grandes colecciones de cuentos.

García Márquez, sin ir más lejos, es un gran cultivador de este género: *La increíble y triste historia de la cándida Eréndira y de su abuela desalmada, Los funerales de la Mama Grande* o *Doce cuentos peregrinos* nos sirven de ejemplo.

Julio Cortázar retrata en sus relatos un mundo complicado, en donde la parodia es el elemento destacable. Destacan los relatos recogidos en *Bestiario, El perseguidor, Todos los fuegos, el fuego, Las armas secretas, Historias de cronopios y famas*, donde revela el absurdo de lo cotidiano con un gran sentido del humor.

Mario Benedetti aprovecha el relato, en *Montevideanos* o *La muerte y otras sorpresas,* para trazar, de manera sencilla y comprometida, el panorama político de su país, Uruguay

Mención aparte merece el cuentista Augusto Monterroso. Sus cuentos, muchos de ellos auténticos microrrelatos, tienden a la máxima condensación: *Obras completas (y otros cuentos), La oveja negra y demás fábulas...*

Desde los 60 hasta nuestros días el cuento sigue siendo cultivado con gran éxito por autores de la talla de Mayra Montero, Isabel Allende, A. Bryce Echenique o Antonio Skármeta.

Muchos autores hispanoamericanos, en la década 1950-1960, prepararon, con la publicación de sus cuentos, el ambiente para el «boom» novelístico. El cuento fue el género ideal para ensayar las renovaciones técnicas propuestas por Faulkner, Huxley o el «Nouveau roman», entre otros. Sin olvidar, por supuesto, la influencia que en la narrativa hispanoamericana han ejercido las tensiones políticas, por poner un ejemplo.

Sobre héroes y tumbas (1961), del argentino Ernesto Sábato, es una de las primeras novelas que presagia el «boom». De la misma fecha es la mejor novela del uruguayo Juan Carlos Onetti, *El astillero,* y *El coronel no tiene quien le escriba,* de García Márquez, su segunda incursión en el mundo de Macondo. En 1962, otros dos grandes autores publican sus obras: Carlos Fuentes nos ofrece *La muerte de Artemio Cruz* y Alejo Carpentier, *El siglo de las luces.* Al año siguiente, Julio Cortázar aporta una gran novela, *Rayuela,* y Vargas Llosa obtiene el premio Biblioteca Breve con *La ciudad y los perros.* La gran novela llega en 1967: *Cien años de soledad,* de Gabriel García Márquez.

Son muchas las novelas que se siguen publicando y la mayoría de los autores completan sus producciones con obras más maduras, *Conversación en la catedral,* de Vargas Llosa en 1969 o Ernesto Sábato con *Abaddón el exterminador.*

El presente volumen recoge doce cuentos hispanoamericanos. La novedad de la antología estriba en que se tratan por igual los cuentos tradicionales que los de autor. Así, los primeros seis relatos son de origen popular y los seis que cierran el libro están firmados por autores de renombre y valía probada.

Sin duda la literatura popular, la que hunde sus raíces en el tiempo, aunque, a veces, haya sido poco valorada por su tono oral cercano al pueblo, no hay duda de es decisiva para entender la literatura de cualquier país. Gracias a la literatura oral se rastrean temas comunes y se reconocen las mismas tradiciones en distintos países.

Estos seis cuentos tradicionales son:

• *El rokhochito* (Bolivia), recogido por Hugo Molina Viaña en 1969.

• *El árbol de las tres manzanas de oro* (Chile), recogido por Ramón A. Laval en 1923.

• *El árbol rojo de grana* (Guatemala) que responde al capítulo III de la segunda parte del *Popol Vuh,* recopilación de leyendas de origen maya.

• *Los tres hermanos y el sapo* (México), recogido por Alfredo Barrera Vázquez en 1947.

• *El agua de la vida* (Panamá), recogido por Mario Riera Pinilla en 1956.

- *El hombre, el tigre y la luna* (Venezuela), recogido por Rafael Rivero Oramas en 1932.

Todos estos relatos fueron compilados, en su momento, por Carmen Bravo-Villasante en el volumen *Cuentos populares de Iberoamérica* (Ediciones Gaviota). En la presente edición se recoge, como hizo la propia Carmen Bravo, básicamente, el texto recogido por sus compiladores originales, aunque hemos realizado, muy puntualmente, algunas ligeras variaciones léxicas y sintácticas. Se mantienen, sin duda, los cuentos íntegros, cercanos a sus orígenes.

Como bien comentaba la propia Carmen Bravo-Villasante en la introducción «En su mayor parte, los cuentos son breves, concisos, de una gran intensidad, y cuando son largos, la materia está muy concentrada, porque hay mucho que narrar. En esta narrativa clara y elemental se destacan los vicios y las virtudes. La inteligencia, la maña y la astucia resuelven las dificultades. Se vencen los obstáculos con perseverancia y tenacidad».

En cuanto a los seis cuentos de autor, ha sido muy difícil hacer una selección. No obstante sí podemos decir que si bien no están todos los que son, sí son todos los que están. Son relatos muy conocidos, en su mayoría, de autores consagrados, que ofrecen distintos puntos de vista y sirven de iniciación para introducirse en el conocimiento del cuento hispanoamericano contemporáneo. En todos los textos se ha mantenido el original, con lo cual llegan directamente, sin intermediarios, al lector.

Se incluyen, por último, pocas notas al pie de página para aclarar, en la mayoría de los casos, el significado de algunas palabras y orientar al lector. Hay tanta información acerca de estos cuentos que sería una temeridad pretender mejorarla.

Los cuentos son:

• *Historia de dos cachorros de coatí y de dos cachorros de hombre,* de Horacio Quiroga (Uruguay). Se trata de un relato emotivo y entrañable. Pertenece a su libro *Cuentos de la selva.*

• *El Aleph,* Jorge Luis Borges (Argentina). Es un texto lleno de claves, inquietante y que exige un lector atento.

• *Casa tomada,* Julio Cortázar (Argentina). Acaso es uno de sus relatos más conocidos y simbólicos que se incluye en *Casa tomada y otros cuentos.*

• *Nos han dado la tierra,* Juan Rulfo (México). Es un texto duro, crítico y muy representativo del autor. Se incluye en *El llano en llamas.*

• *Un día de estos,* de Gabriel García Márquez (Colombia). Sin duda uno de los cuentos más breves del autor, aunque nos sirve como ejemplo para demostrar cómo, en pocas páginas, se puede condensar una gran historia. El relato se encuentra en *Los funerales de la mamá grande.*

• *En memoria de Paulina,* de Adolfo Bioy Casares (Argentina). Podría decirse que es un relato de amor, aunque el lector atento descubrirá nuevas posibilidades. El relato forma parte de *Historias de amor.*

Cuentos
populares

El Rokhochito

Anónimo
(Bolivia)

Había una vez un indiecito que después de la muerte de su madre quedó a cargo de una malvada madrastra, que por una pequeña falta lo castigaba privándole de comida durante varios días. El pobre huérfano vivía buscando algún mendrugo en los depósitos de desperdicios del pueblo, y cuando no podía ya soportar el hambre, iba al cementerio a pedirle a su madre, llorando:

—*Mamay, yarkhawashan, mamay yarkhawashan...*[1].

Muchos días repitió el pedido. Una vez —dicen— se le presentó el alma de su madre y ofreciéndole un pan, le dijo.

—Recibe este pan hijo mío. Cuando tengas hambre come la mitad y guarda la otra. Si no haces así, este pan servirá para saciarte tan solo una vez.

El niño volvió a su casa y guardó una mitad del pan; y más tarde, cuando tuvo hambre, grande fue su sorpresa encontrarlo entero. Era un pan maravilloso que nunca se acababa.

---

1   «Madre, tengo hambre, madre, tengo hambre».

Pero un día, la madrastra le sorprendió comiendo aquel pan maravilloso y arrebatándole, le voceó:

—¡Malagradecido!, ladrón, este pan me has robado de la alacena hoy día.

El indiecito, llorando volvió al cementerio.

—*Mamay, yarkahashan, mamay, yarkahashan...*

Al escuchar los lamentos del hijo amado, otra vez se presentó el alma de su madre; le entregó un cajoncito pequeño, que se llamaba *rokhochito*[2], diciéndole:

—Este *rokhochito* te hará devolver tu pan.

El huérfano volvió a la casa y, valiente, le pidió a su madrastra:

—*Tthantayta khopuay*[3].

La madrastra, al escuchar el desplante, cogió un garrote e iba a golpear las espaldas del niño, cuando este se agachó y acariciando el cajoncito, repitió:

—*Rokhochito, rokhochito*[4].

—*Rokhochito, rokhochito.*

Inmediatamente salieron del *rokhochito* muchos toros pequeños, furiosos, que aumentando de tamaño embistieron a la madrastra, obligándola a devolver el pan al huérfano.

Después de esta experiencia, el dueño del *rokhochito* quiso tener fama. Se alistó en el Ejérci-

---

2   Objeto que los niños guardan como un tesoro.

3   «Devuélveme mi pan».

4   «Salgan, salgan toros».

to para ir a la guerra que sostenía su patria con el invasor.

Su patria estaba perdiendo y los jefes ya pensaban rendirse. El indiecito se presentó ante el jefe y le prometió ganar la guerra. Le aceptaron. En el campo de batalla pidió ocho soldados, y en el momento de la batalla en que atacaba el enemigo, que era numeroso, volvió a frotar el cajoncito, repitiendo siempre:

—*Rokhochito, rokhochito.*

—*Rokhochito, rokhochito.*

Salieron centenares de toros furiosos que acometieron al enemigo que, no pudiendo soportar el ataque, tuvo que huir derrotado.

Triunfante, volvió a su pueblo, se casó y vivió feliz sin que nunca le faltara la comida y el respeto de las gentes.

El árbol de las tres manzanas de oro

Anónimo
(Chile)

Érase era un viejo rey, muy rico y poderoso, que gobernaba un extenso país lleno
de recursos y muy poblado. Este rey tenía
tres hijos[5], hermosos, fuertes y valientes, queridos
de todo el pueblo y mucho más de sus padres, a
quienes respetaban y amaban con profundo cariño.

El rey y su familia vivían en un suntuoso palacio, a cuyos pies se extendía un huerto plantado de
toda clase de árboles frutales de las especies más
escogidas y variadas; pero su principal ornamento
era un enorme y bellísimo manzano, cuya copa
destacaba sobre todos y se divisaba desde muy lejos. Su tronco de plata y sus hojas de bronce eran
la admiración de cuantos lo veían.

Una antigua leyenda ligaba su existencia a la
suerte del reino.

Este árbol prodigioso daba todos los años tres
manzanas de oro[6], que maduraban sucesivamente

---

5   El número 3 suele repetirse también en los cuentos
populares. Los hermanos suelen ser tres siempre y el más
pequeño resulta, como en esta ocasión, el más avispado.

6   El tema de las tres manzanas de oro es muy popular
no solo en Hispanoamérica sino en España. Hay muchos

en las tres primeras noches del mes de enero; pero desde hacía tres años, alguien se introducía en el huerto y las robaba en el momento preciso en que entraban en sazón sin que hubiese sido posible atrapar, y ni siquiera ver, al miserable que las hurtaba, a pesar de las infinitas precauciones que se tomaban para impedir su entrada, y de que una numerosa guardia, armada hasta los dientes, se establecía aquellas tres noches alrededor del árbol. Poco antes de las doce un sueño irresistible se apoderaba de todos y no despertaban hasta el día siguiente, cuando ya la fruta había desaparecido.

El rey se sentía sumamente afligido con esta desgracia, que lo era, y muy grande, pues, como se ha dicho, la suerte del reino dependía del manzano maravilloso.

Una vez, en el último día del año, que el rey se hallaba rodeado de sus hijos y de todos los grandes de la corte, dijo:

—Mañana a media noche madurará la primera manzana de oro, y por cuarta vez vendrá el misterioso ladrón y la robará. ¿No habría entre todos vosotros un valiente que lo impida?

Se acercó al trono el hijo mayor del rey e hincando una rodilla ante su anciano padre, habló así:

---

cuentos del folclore que se inspiran en este tema común, lo cual indica que la literatura oral bebe de las mismas fuentes.

—Mi señor y padre, yo me propongo esperar a nuestro enemigo y no dejarme dominar por el sueño, y por fuerte que sea, vencerlo y arrastrarlo encadenado a vuestras plantas.

—Anda hijo —respondió el rey—, y quiera Dios que te vaya bien en la empresa.

Se retiró el príncipe a sus habitaciones, y aunque no eran más de las 2 de la tarde, se echó a dormir, a fin de no tener sueño en la noche. Como a las 11 despertó, y armándose de poderosas armas, se dirigió al huerto y se sentó al pie del manzano a esperar la llegada del ladrón.

Al dar la campana del reloj del palacio el primer golpe de las 12, se iluminó el huerto con una luz tan viva que el príncipe, como herido por un rayo, perdió la vista y cayó desvanecido en tierra.

Al día siguiente lo encontraron tendido, como muerto, y en el árbol solo vieron dos manzanas de oro: una había sido robada.

En el consejo que se celebró ese día, se comentó el hecho en medio de gritos de venganza; pero nadie, sino el segundo de los hijos del rey, se ofreció para velar esa noche y hacer un escarmiento en el desconocido personaje que se había propuesto acabar con la tranquilidad del reino.

Pero el hombre propone y Dios dispone, y las cosas no resultaron según los deseos del príncipe. Los hechos se repitieron de igual forma que en la noche anterior, y en la mañana siguiente encontraron al príncipe tendido en el suelo, sin conocimiento y sin vista. En el árbol solo quedaba una manzana.

La consternación más profunda se pintaba en todos los rostros. En el consejo nadie se atrevía a hablar; parecía que todos habían perdido el uso de la palabra.

Pero he aquí que el tercero de los príncipes, jovencito, imberbe, de unos 18 años, se adelantó hasta el trono, y prosternándose ante su padre, se expresó del siguiente modo:

—Señor y padre amado, me aflige veros triste y contemplar a mis hermanos en el miserable estado en que han quedado; me aflige ver al pueblo sobrecogido de espanto y a todos sin ánimo ni valor para nada. Yo deseo acabar con este estado de cosas: quiero que la paz vuelva a todos, y espero que Dios dará fuerzas suficientes a mi brazo para vencer al enemigo común y volver a todos la tranquilidad. Dadme vuestra bendición, bendecid también mis armas, y que Dios me ayude.

Con los ojos inundados de lágrimas, bendijo el rey al príncipe y bendijo asimismo las armas que este depositó a sus pies. En seguida, el príncipe, pidiendo permiso al rey para retirarse, salió de la sala con paso tranquilo, se dirigió a sus habitaciones, en donde estuvo orando hasta cerca de las 12, hora en que, armado nada más que de su arco y de una flecha, se dirigió al huerto con la confianza de que había de vencer.

Poco después sintió un ruido, como el de una gran ave que volara a corta distancia, y al dar el reloj la primera campanada de las 12, el huerto se iluminó con una luz vivísima. Pero el príncipe, en vez de mirar inmediatamente hacia el árbol de las manzanas de oro, como lo habían hecho sus hermanos, se prosternó humildemente y solo después de invocar el nombre de Dios y pedirle su ayuda, tomó el arco y colocó la flecha en la cuerda.

Al resplandor de la luz, que se había dulcificado notablemente, pudo ver el príncipe un águila enorme, con las plumas de oro, que tenía sobre sus hombros a una hermosísima princesa sujeta de la cintura con una cadena de oro, cuyo extremo apretaba el águila fuertemente con una de sus patas, mientras con la otra trataba de agarrar la única manzana que quedaba. En el preciso momento en que el ave la cogía, el príncipe lanzó la flecha e hirió la pata con que el ave acababa de tomar la manzana. El águila lanzó un grito de dolor, soltó la manzana, que el príncipe se apresuró a levantar, y huyó. Pero antes la princesa arrancó al ave una pluma de oro y, lanzándosela al joven, le gritó:

—Guárdala, que ella te servirá para encontrarme.

Cuando el príncipe volvió al palacio con sus trofeos, fue recibido con los mayores transportes de alegría. El rey no cabía en sí de gozo, pues como todos los demás, temía que al príncipe le hubiese sucedido la misma desgracia que tan cruelmente había herido a sus hermanos.

Una vez que el joven terminó de referir la aventura, manifestó a sus padres que tenía deseos de ir a la conquista de la hermosa princesa, y de matar al águila para librar al reino de las desgracias que este monstruo pudiera causarle.

El rey le dio permiso para tentar esta nueva empresa; y el joven, que tenía prisa de partir, pues el recuerdo de la princesa le había medio trastornado, arregló en un momento sus prevenciones de viaje y, sin acompañarse de nadie, se lanzó por el primer camino que halló a su paso.

Así marcho al azar días y días, preguntando en todas partes si sabían en dónde se encontraría el águila de las plumas de oro; pero nadie le daba noticias.

Un día que iba muy triste y pensativo, porque el tiempo pasaba y pasaba sin adelantar en sus diligencias, fue de pronto sacado de su meditación por la algazara que formaban unos cuantos niños dentro de una zanja abierta a orillas del camino. Se acercó a ver qué motivaba la bulla y vio que los chicos ortigaban a una gran rana que tenían en el suelo tendida de espaldas. El príncipe les increpó su crueldad, los castigó suavemente y los obligó a retirarse. En seguida tomó la rana y la ocultó a alguna distancia entre la yerba a fin de que, si los niños volvían, no la encontraran.

Anduvo todavía varios días, siguiendo caminos y cruzando bosques en que no encontraba a nadie, hasta que por fin llegó a una choza que se levantaba a orillas de un arroyo. En la puerta estaba sentada una viejecita de aspecto agradable, que tomaba tranquilamente su mate, que ella misma se cebaba.

El príncipe la saludó afablemente y le preguntó si podría decirle en dónde encontraría al águila de las plumas de oro y a la princesa que tenía prisionera. La viejecita le contestó que seguramente podría darle algunas noticias que le interesarían, pero que era bueno que bajase del caballo para que se sirviera un matecito[7] y descansara. El príncipe accedió a los deseos de la anciana, quien le cebó su buen mate con hojas de cedrón y cáscaras de naranjas, y después lo condujo a una pieza en que había una excelente cama, que el príncipe, que no había reposado en lecho desde que había salido de palacio, encontró más blanda y agradable que la que tenía en sus habitaciones.

Durmió el príncipe como un ángel de Dios[8], y al día siguiente se levantó reconfortado y alegre y con mayores deseos de continuar la aventura. Agradeció a la viejecita sus servicios, la obsequió con

7 Diminutivo de «mate».

8 Obsérvese la mezcla de tradiciones propias del país con elementos cristianos, es curiosa esta simbiosis y se observa en todo el relato y, como se verá, en el desenlace. Es una muestra más de la fusión entre las culturas precolombinas y la española.

algunas de las provisiones que llevaba y le rogó que le diese las noticias que le había ofrecido. La anciana le dijo:

—Joven príncipe, tú has sido bueno conmigo, tienes un corazón bondadoso, pues te apiadas de la desgracia ajena, y yo quiero pagar la deuda que contigo tengo contraída, en cuanto mi poder alcance, y premiar tu virtud.

El príncipe no comprendió lo que la buena mujer le decía, y pensando que tal vez se referiría a las provisiones que le había obsequiado, le dijo:

—¡Señora!, si el alojamiento que usted me ha ofrecido y la buena noche que he pasado en su casa valen cien veces más que los pobres víveres que le he dejado; de manera que yo soy siempre su deudor.

—No es esa mi deuda. ¿Te acuerdas, príncipe, de aquella rana que ortigaban unos niños dentro de una zanja y a quien tú salvaste? Pues, aquella rana soy yo, que a estas horas habría perecido a manos de aquellos malvados muchachos si tú no me quitas de su poder. Yo soy agradecida y pagaré mi deuda de la mejor manera posible. En un palacio muy distante de aquí vive un gigante hechicero, muy malvado, y mi enemigo. Él es quien tiene prisionera a la princesa que buscas y él también, el que, convertido en águila con las plumas de oro, va todos los años a robar al huerto de tu padre las manzanas del árbol maravilloso. Esas manzanas son las que mantienen su poder, y como en su última correría solo alcanzó a robar dos, su poder no durará sino los ocho primeros meses de este año; además, la pluma que le arrancó la princesa ha disminuido su fuerza, que también se ha aminorado un poco con la herida que tú le causaste en una pata y que lo ha dejado cojo. Si tú quieres esperar a que se cumplan los ocho meses, no te costará más trabajo conquistar a la princesa que vencer al gigante en lucha ordinaria, de hombre a hombre, con la seguridad de que, con los medios que yo te proporcione, saldrás vencedor; pero, si desde luego quieres rescatar a la prisionera y matar al enemigo de tu patria, tendrás que correr muchos y grandes peligros, a pesar de las fuerzas que ha perdido el gigante, pues su poder siempre es mucho y está rodeado de feroces auxiliares.

—Prefiero correr los peligros —dijo el príncipe— y dar fin de una vez a esta empresa, aunque perezca en la contienda.

—No perecerás, pero tendrás que pasar grandes fatigas. Sigue el camino que principia aquí, al frente de mi choza, y después de tres días de marcha llegarás a casa de una bruja tuerta, más mala que la hiel y comadre muy querida del gigante: esta es la primera avanzada que tienes que vencer. Cuando llegues, la encontrarás sentada a la puerta, con la espalda vuelta al camino; te acercarás a ella, procurando que no te sienta y cuando llegues a donde está, trata de meterle en el ojo derecho la pluma de oro que te lanzó la princesa, y quedará ciega; entonces te apoderas de un hacha que guarda detrás de la puerta y que te servirá para vencer a las fieras que custodian el palacio del gigante, para pelear con este mismo y derrotarlo y para cortar las cadenas con que está aprisionada la princesa. Tomarás también una redoma que la bruja tiene en una mesa de arrimo que hay en la primera pieza de la derecha; el agua que contiene es de virtud, y para aprovecharla introducirás en ella la pluma de oro y te lavarás las quemaduras y heridas que te produzcan los monstruos guardianes del palacio. De la misma manera curarás, cuando vuelvas a palacio, la ceguera de tus hermanos. Si alguna desgracia imprevista te sucede, acuérdate de mí y correré en tu auxilio. Ahora anda, y que Dios te ayude.

Partió el príncipe todo alborozado y a los tres días de casi un continuo andar, el caballo se detuvo a corta distancia de la puerta de una modesta casa, en la cual había una mujer sentada en un piso, con la espalda vuelta al camino. Se bajó el príncipe de su caballo y andando muy quedito, en la punta de los pies, se acercó a la mujer y le metió la pluma de oro en uno de sus ojos; pero por desgracia se equivocó, pues en vez de introducirla en el derecho, que era el sano, se la metió en el izquierdo, que era el tuerto.

La mujer, al sentirse herida, entró a la casa y volvió rápidamente trayendo un poco de agua de la redoma con la que roció al príncipe, diciendo al mismo tiempo: «Vuélvete quiltro». Y el príncipe se convirtió al punto en un perrillo sucio y despreciable. La mujer tomó incontinenti un garrote y le propinó una de las palizas más famosas de que haya memoria.

El príncipe huyó al interior de la casa con la cola entre las piernas, aullando lastimosamente. ¡Cómo se lamentaba el pobre de su error! ¡Ya todo está perdido! ¡Adiós, princesa, padres y hermanos!

Pero de repente se acordó de la última recomendación de la viejecita y se puso a decir muy bajito, para que no lo oyeran: «¡Ranita, ranita, acuérdate de este pobre príncipe!». Y casi al mismo instante que terminaba estas palabras, vio a su lado a la rana.

Dio la rana un salto y díjole al oído: «No tengas cuidado, esperemos que la bruja duerma y entonces pagará las hechas y por hacer».

Pasadas unas dos o tres horas, se acercaron a la puerta de la pieza en que la bruja dormía y sintieron que roncaba ruidosamente. Entonces la rana se convirtió en la viejecita que había conocido el príncipe tres días antes y diciendo unas palabras ininteligibles, el príncipe dejó de ser perro y tomó su forma natural. La pluma de oro sirvió para abrir la puerta del dormitorio de la bruja, sin que hiciera ruido: y entonces tomando el príncipe el hacha que estaba tras de la puerta asestó a la bruja tal golpe en el cuello que le separó la cabeza de los hombros[9].

La viejecita tomó la redoma y le dijo al príncipe que ella lo acompañaría para que no le sucediera otra nueva desgracia. Abandonaron la casa, y a la luz de la luna vio el príncipe dos caballos, el de él, en que montó, y otro más, en que subió la viejecita.

Emprendieron la marcha y cuando ya era de día divisó el príncipe, muy lejos, muy lejos, en la cumbre de una alta montaña, una especie de castillo. La viejecita le dijo: «Este es el palacio del gigante, a quien venceremos con la ayuda de Dios».

Siguieron avanzando, y cuando ya estaban como a una legua de distancia del palacio, llegó hasta ellos un ruido ensordecedor de maullidos, ladridos y rugidos espantosos, como si miles de fieras lanzaran a un tiempo sus gritos amenazadores. Cualquiera habría retrocedido lleno de pavor, pero nuestros viajeros siguieron impertérritos su camino.

Media legua más habrían andado los caballos cuando un impedimento bastante serio los detuvo por un instante: las fieras no se contentaban ya con sus gritos, sino que al mismo tiempo lanzaban por hocico y narices gruesos chorros de fuego líquido que llegaban hasta nuestros cami-

---

9   Los elementos mágicos que se concatenan son también frecuentes en la cuentística popular de todos los tiempos.

nantes y casi los abrasaban. Pero la pluma de oro empapada en el agua de la redoma se portó a las mil maravillas, pues, no solo les curó como por ensalmo las llagas que el fuego les había producido, sino que además los inmunizó para recibir nuevas quemaduras.

Entonces pudieron avanzar sin cuidado; pero antes de llegar hasta la puerta del palacio tenían que atravesar una larga extensión de terreno ocupada por una multitud de leones, tigres, serpientes, demonios y otras fieras y monstruos servidores del gigante, que estaban dispuestos a despedazar a los dos intrusos o dejarse destrozar por ellos antes que permitir llegaran hasta su amo.

Pero el príncipe, armado del hacha encontrada en la pieza de la bruja, y la viejecita, blandiendo la pluma de oro impregnada con agua de la redoma, pudieron derrotar, aunque con algún trabajo y sacando algunas heridas, a sus poderosos enemigos, que quedaron tendidos en el campo, sin vida.

Helos ahora en presencia del gigante, el cual, al verlos acercarse, levantó su pesada muleta de hierro, capaz, no de matar a un solo cristiano, sino de concluir con un numeroso ejército.

El príncipe se adelantaba hacia él sin temor, y una vez que el gigante lo tuvo a su alcance, dejó caer la muleta con tal fuerza que más de la mitad de ella penetró en la tierra. El príncipe, en cuanto notó el movimiento del gigante, esquivó el cuerpo y alzando su hacha la descargó sobre la pierna sana de su enemigo, que cortó como si fuera de queso. El monstruo, no pudiendo mantenerse en pie, cayó cuan largo era, y el príncipe, corriendo apresuradamente, de un hachazo le cercenó la cabeza.

La liberación de la princesa fue cosa de un momento; con un suave golpe del hacha se cortó la cadena de oro que la aprisionaba y pudo arrojarse en los brazos de su libertador.

En carros y caballos que había en el mismo palacio cargó el príncipe todas las riquezas que encontró, e inmediatamente se pusieron todos en camino para el reino de su padre. Por medio del arte de la viejecita, que tan buenos servicios le había prestado, en pocas horas llegaron a la entrada de la capital. Allí la viejecita se despidió del príncipe y de la princesa y después de aconsejarles que fueran siempre buenos y virtuosos, único modo de obtener la felicidad, desapareció de su vista. La viejecita era la Virgen.

El príncipe fue acogido por todos en medio de la mayor alegría y proclamado salvador de la patria. Sus hermanos recobraron la vista sirviéndose de la pluma de oro y del agua de la redoma.

El matrimonio del joven príncipe y de la princesa fue uno de los acontecimientos más celebrados. Se hicieron grandes fiestas para el pueblo, que se divirtió alegremente, y yo me encontré en ellas y bebí mucho y comí más que un sabañón.

El árbol rojo de grana

Anónimo
(Guatemala)

Esta es la historia de una doncella, hija de un señor llamado Cuchumaquic[10].

Llegaron estas noticias a oídos de una doncella, hija de un señor. El nombre del padre era Cuchumaquic y el de la doncella Ixquic. Cuando ella oyó la historia de los frutos del árbol, que fue contada por su padre, se quedó admirada de oírla.

—¿Por qué no he de ir a ver ese árbol que cuentan? —exclamó la joven—. Ciertamente deben ser sabrosos los frutos de que oigo hablar.

A continuación se puso en camino ella sola y llegó al pie del árbol que estaba sembrado en Pucbal-Chah.

—¡Ah! —exclamó— ¿qué frutos son los que produce este árbol? ¿No es admirable ver cómo se ha cubierto de frutos? ¿Me he de morir, me perderé si corto uno de ellos? —dijo la doncella.

---

10   La influencia maya se observa en el vocabulario de este cuento. Es también un cuento con elementos mitológicos y culturales propios de la cultura maya que se encuentran recogidos en el capítulo III del libro *Popol Vuh*.

Habló entonces la calavera que estaba entre las ramas del árbol y dijo:

—¿Qué es lo que quieres? Estos objetos redondos que cubren las ramas del árbol no son más que calaveras. —Así dijo la cabeza de Hun-Hunahpú dirigiéndose a la joven—. ¿Por ventura los deseas? —agregó.

—Sí, los deseo —contestó la doncella.

—Muy bien —dijo la calavera—. Extiende hacia acá tu mano derecha.

—Bien —replicó la joven, y levantando su mano derecha, la extendió en dirección a la calavera.

En ese instante la calavera lanzó un chisguete[11] de saliva que fue a caer directamente en la palma de la mano de la doncella. Se miró con atención la palma de la mano, pero la saliva de la calavera ya no estaba allí.

—En mi saliva y mi baba te he dado mi descendencia —dijo la voz en el árbol—. Ahora mi cabeza ya no tiene nada encima, no es más que una calavera despojada de la carne. Así es la cabeza de los grandes príncipes, la carne es lo único que les da una hermosa apariencia. Y cuando mueren se espantan los hombres a causa de los huesos. Así es también la naturaleza de los hijos, que son como la saliva y la baba, ya sean hijos de un señor, de un hombre sabio o de un orador. Su condición no se pierde cuando se van, sino que se hereda; no se ex-

---

11   Un chorrillo de saliva lanzando de manera violenta.

tingue ni desaparece la imagen del señor, del hombre sabio o del orador, sino que la dejan a sus hijas y a los hijos que engendran. Esto mismo he hecho yo contigo. Sube, pues, a la superficie de la tierra, que no morirás. Confía en mi palabra que así será, —dijo la cabeza de Hun-Hunahpú y de Vucub-Hunahpú.

Y todo lo que tan acertadamente hicieron fue por mandato de Huracán, Chipi —Caculhá y Raxa-Caculhá.

Regresó en seguida a su casa la doncella después que le fueron hechas todas estas advertencias, habiendo concebido inmediatamente los hijos en su vientre por la sola virtud de la saliva. Y así fueron engendrados Hunaphú e Ixbalanqué.

Llegó, pues, la joven a su casa, y después de haberse cumplido seis meses, fue advertido su estado por su padre, el llamado Cuchu-maquic. Al instante fue descubierto el secreto de la joven por el padre, al observar que tenía hijo.

Reuniéronse entonces en consejo todos los señores Hun-Camé y Vucub-Camé con Cuchumaquic.

—Mi hija está preñada, señores; ha sido deshonrada —exclamó Cuchumaquic cuando compareció ante los señores.

—Está bien, dijeron estos. Oblígala a declarar la verdad, y si se niega a hablar, castígala; que la lleven a sacrificar lejos de aquí.

—Muy bien, respetables señores —contestó. A continuación interrogó a su hija:

—¿De quién es el hijo que tienes en el vientre, hija mía?

Y ella contestó: —No tengo hijo, señor padre, aún no he conocido varón.

—Está bien —replicó—. Positivamente eres una ramera. Llevadla a sacrificar, señores Ahpop Achih; traedme el corazón dentro de un vaso y volved hoy mismo ante los señores —les dijo a los búhos.

Los cuatro mensajeros tomaron el vaso y se marcharon llevando en sus brazos a la joven y, llevando también el cuchillo de pedernal para sacrificarla.

Y ella les dijo:

—No es posible que me matéis, ¡oh, mensajeros!, porque no es una deshonra lo que llevo en el vientre, sino que se engendró solo cuando fui a admirar la cabeza de Hun-Hunahpú que estaba en Pucbal-Chah. Así, pues, no debéis sacrificarme, ¡oh, mensajeros! —dijo la joven, dirigiéndose a ellos.

—¿Y qué pondremos en lugar de tu corazón? Se nos ha dicho por tu padre: «Traedme el corazón, volved ante los señores, cumplid vuestro deber y atended juntos a la obra, traedlo pronto en el vaso, poned el corazón en el fondo del vaso». ¿Acaso no se nos habló así? ¿Qué le daremos entre el vaso? Nosotros bien quisiéramos que no murieras —dijeron los mensajeros.

—Muy bien, pero este corazón no les pertenece a ellos. Tampoco debe ser aquí vuestra morada, ni debéis tolerar que os obliguen a matar a los hombres. Después serán ciertamente vuestros los crímenes y míos serán enseguida Hun-Camé y Vucub-Camé. Así, pues, la sangre y sólo la sangre será de ellos y estará en su presencia. Tampoco puede ser que este corazón sea quemado ante ellos. Recoged el producto de este árbol —dijo la doncella.

El jugo rojo brotó del árbol, cayó en el vaso y en seguida se hizo una bola resplandeciente que tomó la forma de un corazón hecho con la savia que corría de aquel árbol encarnado. Semejante a la sangre brotaba la savia del árbol, imitando la verdadera sangre. Luego se coaguló allí dentro la sangre o sea la savia del árbol rojo, y se cubrió de una capa muy encendida como de sangre al coagularse dentro del vaso, mientras que el árbol resplandecía por obra de la doncella. Se llamaba árbol rojo de grana, pero a partir de ese día tomó el nombre de Árbol de la Sangre porque a su savia se le llama la sangre.

—Allá en la tierra seréis amados y tendréis lo que os pertenece —dijo la joven a los búhos.

—Está bien, niña. Nosotros nos iremos allá, subiremos a servirte; tú sigue tu camino, mientras nosotros vamos a presentar la savia en lugar de tu corazón ante los señores, dijeron los mensajeros.

Cuando llegaron a presencia de los señores, estaban todos aguardando.

—¿Se ha terminado eso? —preguntó Hun-Camé.

—Todo está concluido, señores. Aquí está el corazón en el fondo del vaso.

—¡Muy bien. Veamos! —exclamó Hun-Camé.

Y cogiéndolo con los dedos lo levantó, se rompió la corteza y comenzó a derramarse la sangre de vivo color rojo.

—Atizad bien el fuego y ponedlo sobre las brasas —dijo Hun-Camé.

En seguida lo arrojaron al fuego y comenzaron a sentir el olor los de Xibalbá, y levantándose todos se acercaron y ciertamente sentían muy dulce la fragancia de la sangre.

Y mientras ellos se quedaban pensativos, se marcharon los búhos, los servidores de la doncella, remontaron el vuelo en bandada desde el abismo hacia la tierra y los cuatro se convirtieron en sus servidores.

Así fueron vencidos los señores de Xibalbá. Por la doncella fueron engañados todos.

Los tres hermanos y el sapo

Anónimo
México

Un milpero[12] rico que era padre de tres hijos varones, había notado que su milpa estaba siendo devorada día a día por algún animal y se propuso cazarlo, mas nunca logró ni siquiera verlo. Ante su fracaso, dijo a sus hijos que estaba dispuesto a hacer su heredero único al que le entregase vivo o muerto el animal que estaba causando su ruina.

El menor fue el primero que prometió a su padre traerle al destructor de la milpa. Pero el padre le indicó que primero irían los mayores, y por último él. Sus dos hermanos hicieron mofa de su promesa, diciendo que no podría cumplirla un muchacho como él con poco seso y nada de juicio.

El primogénito pidió un caballo, una escopeta fina, buena comida y partió a la milpa en noche de luna llena. A medio camino tropezó con un sapo que cantaba ruidosamente a orillas de un

---

12   Dueño de la milpa. Término que deriva del nahuatl y que se refiere a la parcela de tierra sembrada, normalmente de maíz, frijoles y calabaza.

cenote[13]. Como él se sintiera cansado, detuvo a su cabalgadura, bajó de ella, la ató a un árbol, se acercó al cenote y le dijo al sapo:

—Bien se ve que no estás cansado, escandaloso, por eso cantas.

El sapo le respondió:

—Si me llevases contigo, te diría quién devora tu milpa.

El muchacho contestó:

—¡Qué sabes tú, sapillo, solo eres bueno para hacer ruido! —Y sin decir más lo cogió y lo echó al agua.

Montó de nuevo su caballo y continuó su viaje a la milpa.

Cuando llegó a ella vio los recientes estragos del destructor, pero no a este. Espió toda la noche, mas el ladrón no regresó en esa ocasión. Al amanecer estaba rendido y enfadado; renegó como nunca y retornó a su casa. Su padre le preguntó qué había visto en la milpa. Él dijo que sOlo los estragos causados por el maldito animal ladrón, pero no pudo ver nunca a Este porque, aunque espió toda la noche, no regresó.

El viejo campesino repuso:

—Perdiste. No serás mi heredero.

Le tocó el turno al segundo de los hijos. Su padre le preguntó qué cosas llevaría consigo. Pidió

---

13 Término maya, que literalmente significa «caverna con agua».

una escopeta, un morral y que comer y se fue. A la mitad del camino halló él también al sapo, que cantaba junto al cenote, a quien dijo:

—Calla, sapillo, quiero dormir a orillas del cenote y tú me cuidarás. El sapo respondió:

—Si me llevases contigo te regalaría una cosa con la cual podrías coger a quiEn se come tu milpa.

El hombre contestó:

—No necesito ser ayudado. —Y se echó a dormir.

El sapo, en venganza, le robó su pozole[14].

Cuando él despertó y miró lo que había hecho el sapo, tomó a este de una pata, lo tiró al agua y se marchó a la milpa. Al llegar allí vio un gran ave de vistoso plumaje que se levantaba del maizal. Rápidamente alzó su escopeta y disparó, pero del ave solo pudo coger algunas plumas porque su puntería falló. Sin embargo con las plumas en la mano se sintió satisfecho, pensando que podría engañar a su padre y a sus hermanos, haciéndoles creer que eran la prueba de que él había dado fin al ave ladrona.

No esperó más y volvió a su casa. Cuando halló a su padre y hermanos, les dijo riéndose:

—He cogido al ladrón de la milpa. Mirad sus plumas. Yo soy el heredero.

---

14   Guisado que se hace con choclo o maíz tierno, carne y chile con mucho caldo.

Pero el benjamín alegó:

—No estoy conforme, porque solamente traes plumas y no a quien las vistió. Yo iré por el ave entera y la traeré, y pidió una escopeta y un morral con poco que comer y se marchó rumbo a la milpa.

Al pasar junto al cenote halló al sapo y dirigiéndose a él le dijo:

—Sapito, te regalaré mi comida si me dices quién roba mi milpa y cómo podría apoderarme de él. Además, te llevaré conmigo siempre y donde quiera que fuere.

El sapo se puso muy contento al oir al chico y se lo manifestó diciéndole:

—Feliz estoy, muchacho, al oírte y solo siento que tus hermanos no me hubiesen escuchado, y sí me hubiesen maltratado, porque a ellos les irá el mal y en cambio, a ti te irá el bien.

Y agregó:

—En este cenote, adentro de las aguas, hay una piedrecita, la cual puede concederte lo que aquí mismo le pidas.

El muchacho muy contento, preguntó:

—Si le pidiese una muchacha para hacerla mi esposa, ¿me la concedería?

—¡Oh!, no solamente te daría una bella esposa sino aún una grande y bella casa para que en ella fuesen felices ella y tú —fue la respuesta del animalito.

Pidió, pues, el joven que se le concediese la dicha de tener pronto una bella esposa y un palacio y de cazar al causante de la destrucción de la milpa. El sapo le aseguró que todo sería concedido y que solo faltaba que ambos fuesen a la milpa a coger a quien la destruía.

Se pusieron en marcha, no sin antes haber comido juntos. A poco de haber llegado vieron venir volando una gran ave de rico plumaje, que se posó entre el maizal, no lejos de ellos. El muchacho, cautelosamente, con el arma lista, avanzó para tener más cerca al ave, mas cuando se disponía a dispararle oyó que esta, alzando la cabeza, le decía con una voz dulce:

—No me mates, joven, porque puedo ser la dueña de tu corazón.

El cazador, admirado, no dijo al principio nada. Solo dejó caer su arma y palideció. El ave, entonces, vino hacia él hablándole de nuevo así:

—Aunque tengo apariencia de ave no soy sino una muchacha a quien una malvada bruja dio esa figura porque no quiso ser la esposa de su hijo, un hombre tan malo como su madre.

El sorprendido mozo, acordándose de lo pedido a la piedrecita del cenote a través del sapo, su amigo, y de que este le había afirmado que le sería concedido, comprendió que esa era la mujer que había solicitado y que se le daba en aquella forma, y, sacando fuerzas de su corazón, exclamó:

—¡Oh!, si es cierto lo que dices, ven conmigo y con mi compañero el sapo. Te llevaré a mi casa y haré que vuelvas a ser mujer. Te pediré que te cases conmigo y te ofreceré una grande y bella casa donde los dos vivamos felices.

Accedió el ave y regresó a su casa con ella y el sapo.

Al llegar a su casa, su padre y sus dos hermanos quedaron pasmados al verlo en compañía de la rara ave y del sapo, y más que nada cuando le escucharon decir decir:

—Traigo al ave entera y no solo sus plumas; ella comía la milpa, pero ella ni es ave ni tiene la culpa de parecerlo; es una linda muchacha convertida en ave de vistosas plumas por una bruja que la odió porque no quiso casarse con su hijo. Ella volverá a ser mujer porque tengo la promesa de la piedrecita del cenote de concederme una bella esposa y ella lo será. El sapo, mi amigo, me ayudó a tener esta dicha.

Dicho esto, agregó:

—Con tu ayuda, sapito, que ella sea otra vez mujer y que mañana se cumpla la promesa de que tengamos una casa grande y bella.

El sapo cantó y desapareciendo el ave apareció en su lugar una mujer hermosa que dio gracias a sus salvadores y prometió ser la esposa del muchacho.

Al otro día, cuando se hizo la luz, todos contemplaron la casa grande y bella que milagrosamente nació. Cuando se casaron, el sapito vivió con ellos y cantaba recordando siempre el día en que conoció al muchacho bueno.

Los envidiosos hermanos mayores[15] quisieron causar daño a la casa y a su dueño, pero fracasaron y llenos de vergüenza huyeron, dejando al vencedor rico y feliz.

15   Todo el cuento vuelve a centrarse en el número tres y en destacar la nobleza del hermano menor frente a los dos mayores.

El agua de la vida

Anónimo
(Panamá)

Érase una vez una humilde anciana que vivía con sus tres hijos. Eran muy felices, hasta cuando cayó enferma la señora, y ya se estaba muriendo, pues todos los curanderos del pueblo habían venido a curarla, pero ninguno le quitó el mal.

Uno de los hijos hizo venir a una vieja curandera, casi olvidada por el pueblo. Esta, al llegar y ver a la señora, le dijo a sus hijos:

—A esta señora le quedan muy pocos días de vida y con lo único que se puede curar es bebiendo el agua de la vida.

El mayor de los hijos de la señora se ofreció diciendo:

—Yo seré el que iré a buscar ese remedio.

La vieja curandera le dijo que estaba bien, que ella le iba a decir dónde quedaba esa fuente del agua de la vida. Le dijo:

—Tienes que cruzar muchas montañas, derribar muchos dragones, y si te llamaran, no vuelvas para atrás, y si te encuentras con alguno, no rechaces hacerle favores.

Así fue, y el día siguiente se fue el mayor que se llamaba Juan. Al llegar a una quebrada, una anciana estaba llorando y, al ver a Juan, le dice:

—Buen muchacho, ¿lleváis prisa? Hacedme el favor de cruzarme a la otra orilla.

Al verla Juan, le dijo:

—¿Qué crees, vieja, que estoy hecho para cargarte?

Y siguió su camino; la vieja, disgustada, lo maldijo.

Llegó la noche y Juan todavía seguía su camino. Ya había cruzado la montaña de oro y la de plata. A la mañana siguiente, llegando al monte del dragón, oyó que le llamaban. Este, no queriendo obedecer los consejos de la vieja curandera, volvió a ver hacia atrás; en ese momento se convirtió en una piedra.

Pasaron dos días y no volvía Juan, y entonces Miguel dijo:

—Yo voy a buscar esa agua.

Y al día siguiente partía, pero le sucedió lo mismo que a Juan. Pasaron otros dos días más y Pedro, viendo que no venía Miguel ni Juan, decidió irse. La vieja curandera le dio los mismos consejos.

Al día siguiente, muy temprano, partió Pedro. Al llegar a la quebrada, vio a la anciana llorando y le dijo:

—Buen muchacho, ¿lleváis prisa? Hacedme el favor de cruzarme a la otra orilla.

Al ver este pedido, Pedro le dijo:

—Llevo prisa, señora, pero le haré el favor de cruzarla al otro lado de la quebrada.

Así lo hizo.

Al llegar a la otra orilla, Pedro bajó a la señora y esta le preguntó:

—¿No te duele la espalda?

El muchacho le dijo:

—Sí, señora. Mire como está mi espalda toda cortada y derramando sangre. Fíjese como tengo la ropa. Pero no importa, ya le hice ese favor que me gusta habérselo hecho.

La señora lo llamó y le dio una piedra que le otorgaría un favor. Pedro agradeció a la señora y se fue. Cruzó el monte de oro y el de plata y llegando al del dragón, sintió que le llamaban y acordándose de los consejos de la vieja curandera, no volvió su vista atrás.

Siguió su camino; al llegar al monte del dragón, se le apareció uno y venía el dragón encima y se acordó Pedro de la piedra y le pidió que cortara las siete cabezas del dragón y así sucedió. Pedro cruzó el monte y al llegar al otro lado oía una bulla inmensa: era el agua de la vida, y entonces le pidió a la piedra que le concediera el deseo de poder llegar hasta donde se encontraba el agua, y así fue. Al llegar al arroyo, se encontró con un águila, que le dijo:

—Pedro, toma esta jarra que está en el rincón, coge de esa agua y bebe. Llévate si quieres, y al ir en tu camino riega gotas de agua por donde pases, y no vuelvas a mirar atrás hasta que hayas llegado a tu casa.

Y así lo hizo Pedro, y por su camino regaba las gotas de agua.

Faltaba poco para que la mamá de Pedro muriera si no bebía del agua esa, y cuando llegaba Pedro le faltaba medio minuto. Al entrar en la casa, dice la vieja curandera:

—Ya era tiempo, muchacho, le queda muy poco tiempo de vida a tu madre; busca un vaso y sal de aquí.

Pedro fue en busca del vaso y se lo dio a la vieja curandera.

Esta le dio el agua, pronunciando unas palabras raras, y la anciana recuperó vida; estaba como nueva.

Luego le dice la vieja curandera a Pedro:

—Asómate a la puerta y ya verás algo que Dios te compensará, dándote bienes y fortuna.

Al mirar Pedro, vio una multitud de gente, y entre ellos Juan y Miguel, a los que él les había dado vida, regando gotas del agua de la vida.

Después de un tiempo, Pedro se casó, siendo muy feliz, cumpliéndose las palabras de la vieja curandera[16].

---

16   El tema del cuento, con sus ayudantes y oponentes, se hunde en los tiempos y se puede rastrear en distintas versiones populares que circulan por los pueblos de España. Notamos, de nuevo, la importancia del número tres.

El hombre, el tigre y la luna

Anónimo
(Venezuela)

El hombre fue al río a buscar agua en una calabaza[17]. Cuando regresó a su casa, se encontró con el tigre que había penetrado y estaba allí dentro, sentado en el suelo.

El hombre, pensando defenderse, dio un salto hacia el sitio en que guardaba sus armas para coger la flecha.

El tigre se puso a reír y dijo:

—No soy tonto, Pemón. Sé que debes tu poder a las armas que posees, por eso te las he destruido.

El hombre vio entonces que el tigre estaba sentado sobre los restos de sus flechas y sus hachas destrozadas.

—He venido —siguió diciendo el tigre— a demostrarte que soy más poderoso que tú.

El animal se puso en pie y salió afuera, conduciendo al hombre hasta un matorral cercano. Allí se escondieron.

---

17 Los cuentos de animales son también muy importantes en todo el folcklore de habla hispana.

Al cabo de un rato, escucharon aletazos y vieron un paují que vino volando y se posó en lo alto de un árbol.

El tigre trepó al árbol silenciosamente; cogió al paují por el pescuezo y regresó junto al hombre.

—¿Eres capaz de hacer eso? —le preguntó.

—Sin flechas, o sin cerbatanas, no puedo hacerlo —contestó el hombre.

Siguieron escondidos. Al poco tiempo, vieron moverse el monte y escucharon un ruido de pisadas. Una danta[18] apareció, caminando en línea recta hacia ellos.

El tigre dio un gran salto y cayó sobre la danta. De un solo zarpazo la dejó y luego la arrastró hacia el matorral.

—¿Puedes matar una danta de la manera como yo he matado esta? —preguntó al hombre.

—No dijo este—; sin armas no puedo hacerlo.

Entoces se fueron a la orilla del río.

El tigre comenzó a golpetear sobre el agua con su lengua rosada.

Atraídos, los peces, se acercaron. Cuando fue tiempo, de un solo manotazo el tigre sacó fuera uno de ellos, enganchado en sus uñas.

—Sin los aparejos necesarios, eso tampoco lo puedo hacer —murmuró el hombre.

El tigre se quedó mirándolo, y luego dijo:

---

18 Es la especie de animal mamífero más grande de América Central. Es parecido al tapir.

—Ahora te toca a tí, Pemón, ejecutar también tres hazañas. Si yo no puedo imitarte, quedaremos amigos, pero si las llevo a cabo, entonces te devoraré.

La luna estaba en el cielo rodeada de nubes, el hombre la miró y dijo después al tigre:

—Aguárdame aquí, Kaikusé; ya vuelvo.

El tigre, desconfiado, gruñó:

—No pretendas huir, porque si lo haces, te buscaré y cuando te haya encontrado, te daré muerte.

—No tengas cuidado —dijo el hombre y se fue.

Se metió entre la selva, y cuando estuvo fuera del alcance de la vista de la fiera, dio un rodeo y regresó a su casa por la parte posterior. Entró y buscó una torta de casabe[19]. Luego miró al cielo y cuando vio que la luna se escondía detrás de una nube, volvió donde estaba Kaikusé, a quien mostró la torta de casabe, preguntándole:

—¿Sabes qué es esto, amigo Kaikusé?

—No sé —contestó el tigre.

Pemón dijo:

—Mira el cielo. ¿No ves que la luna ha desaparecido?

La fiera miró al cielo y seguidamente a la torta de casabe.

—¡Ah! ¡Has cogido la luna! —exclamó.

—Sí —dijo el hombre, y empezó a comer casabe.

---

19   Pan ácimo circular hecho de yuca.

El tigre, mirando el gusto con que Pemón comía, dijo:

—Debe ser sabroso comer la luna.

El hombre le dio lo que quedaba de la torta de casabe al animal, diciendo:

—Sí, es bueno; come.

En un momento el tigre devoró todo el casabe y se quedó relamiéndose.

—Es lástima que se haya acabado —murmuró.

—No importa —dijo Pemón—. Ahora saldrá otra luna.

—¿Y podré cogerla yo?

—Naturalmente, de la misma manera que yo cogí la mía.

—¿Y cómo hiciste para darle alcance?

—Muy sencillo —explicó el hombre—. Me subí a los copos de un árbol y de un salto me llegué hasta ella.

La luna salió de las nubes en que se había ocultado y comenzó de nuevo a correr por el cielo.

Apenas la vio el tigre, fue rápido y se subió al árbol más alto. Allí se agazapó y, mirando fijamente al rostro para afinar la puntería, dio al fin el gran salto, pero no alcanzó la luna, sino que se vino de cabeza y se estrelló en el suelo contra una piedra.

El hombre llevó a su casa el pescado y el paují, y arrastró hasta ella también al tigre y la danta.

Cuentos
de autor

Historia de dos cachorros de coatí y de dos cachorros de hombre

Horacio Quiroga
(Uruguay)

Había una vez un coatí[1] que tenía tres hijos. Vivían en el monte comiendo frutas, raíces y huevos de pajaritos. Cuando estaban arriba de los árboles y sentían un gran ruido, se tiraban al suelo de cabeza y salían corriendo con la cola levantada.

Un vez que los coaticitos fueron un poco grandes, su madre los reunió un día arriba de un naranjo y les habló así:

—Coaticitos: ustedes son bastante grandes para buscarse la comida solos. Deben aprenderlo, porque cuando sean viejos andarán siempre solos, como todos los coatís. El mayor de ustedes, que es muy amigo de cazar cascarudos[2], puede encontrarlos entre los palos podridos, porque allí hay muchos cascarudos y cucarachas. El segundo, que es gran comedor de frutas, puede encontrarlas en este naranjal; hasta diciembre habrá naranjas. El tercero, que no quiere comer sino huevos de pájaros, puede ir a todas partes, porque en todas partes hay nidos de pájaros. Pero que no vaya nunca a buscar nidos al campo, porque es muy peligroso.

»Coaticitos: hay una sola cosa a la cual deben tener gran miedo. Son los perros. Yo peleé una vez con ellos, y sé lo que les digo; por eso tengo un diente roto. Detrás de los perros vienen siempre los hombres con un gran ruido, que mata. Cuando oigan cerca este ruido, tírense de cabeza al suelo, por alto que sea el árbol. Si no lo hacen así los matarán con seguridad de un tiro.

Así habló la madre. Todos se bajaron entonces y se separaron, caminando de derecha a izquierda y de izquierda a derecha, como si hubieran perdido algo, porque así caminan los coatís.

El mayor, que quería comer cascarudos, buscó entre los palos podridos y las hojas de los yuyos[20], y encontró tantos, que comió hasta quedarse dormido. El segundo, que prefería las frutas a cualquier cosa, comió cuantas naranjas quiso, porque aquel naranjal estaba dentro del monte, como pasa en el Paraguay y Misiones, y ningún hombre vino a incomodarlo El tercero, que era loco por los huevos de pájaros, tuvo que andar todo el día para encontrar únicamente dos nidos; uno de tucán, que tenía tres huevos, y uno de tórtolas, que tenía solo dos. Total, cinco huevos chiquitos, que era muy poca comida; de modo que al caer la tarde el coaticito tenía tanta hambre como de mañana, y se sentó muy triste a la orilla del monte. Desde

---

20 Palabra que en quechua designa cualquier maleza o hierba.

allí veía el campo, y pensó en la recomendación de su madre.

—¿Por qué no querrá mamá —se dijo— que vaya a buscar nidos en el campo?

Estaba pensando así cuando oyó, muy lejos, el canto de un pájaro.

—¡Qué canto tan fuerte! —dijo admirado—. ¡Qué huevos tan grandes debe tener ese pájaro!

El canto se repitió. Y entonces el coatí se puso a correr por entre el monte, cortando camino, porque el canto había sonado muy a su derecha. El sol caía ya, pero el coatí volaba con la cola levantada. Llegó a la orilla del monte, por fin, y miró al campo. Lejos vio la casa de los hombres, y vio a un hombre con botas que llevaba un caballo de la soga.

Vio también un pájaro muy grande que cantaba y entonces el coaticito se golpeó la frente y dijo:

—¡Qué zonzo soy! Ahora ya sé qué pájaro es ese. Es un gallo; mamá me lo mostró un día arriba de un árbol. Los gallos tienen un canto lindísimo, y tienen muchas gallinas que ponen huevos. ¡Si yo pudiera comer huevos de gallina!...

Es sabido que nada gusta tanto a los bichos chicos del monte como los huevos de gallina. Durante un rato el coaticito se acordó de la recomendación de su madre. Pero el deseo pudo más, y se sentó a la orilla del monte, esperando que cerrara bien la noche para ir al gallinero.

La noche cerró por fin, y entonces, en puntas de pie y paso a paso, se encaminó a la casa. Llegó allá y escuchó atentamente: no se sentía el menor ruido. El coaticito, loco de alegría porque iba a comer cien, mil, dos mil huevos de gallina, entró en el gallinero, y lo primero que vio bien en la entrada fue un huevo que estaba solo en el suelo.

Pensó un instante en dejarlo para el final, como postre, porque era un huevo muy grande; pero la boca se le hizo agua, y clavó los dientes en el huevo.

Apenas lo mordió, ¡TRAC!, un terrible golpe en la cara y un inmenso dolor en el hocico.

—¡Mamá, mamá! —gritó, loco de dolor, saltando a todos lados. Pero estaba sujeto, y en ese momento oyó el ronco ladrido de un perro.

* * *

Mientras el coatí esperaba en la orilla del monte que cerrara bien la noche para ir al gallinero, el hombre de la casa jugaba sobre la gramilla[3] con sus hijos, dos criaturas rubias de cinco y seis años, que corrían riendo, se caían, se levantaban riendo otra vez, y volvían a caerse. El padre se caía también, con gran alegría de los chicos. Dejaron por fin de jugar porque ya era de noche, y el hombre dijo entonces:

—Voy a poner la trampa para cazar a la comadreja[4] que viene a matar los pollos y a robar los huevos.

Y fue y armó la trampa. Después comieron y se acostaron. Pero las criaturas no tenían sueño, y saltaban de la cama del uno a la del otro y se enredaban en el camisón. El padre, que leía en el comedor, los dejaba hacer. Pero los chicos de repente se detuvieron en sus saltos y gritaron:

—¡Papá! ¡Papá! ¡Ha caído la comadreja en la trampa! ¡Tuké está ladrando! ¡Nosotros también queremos ir, papá!

El padre consintió, pero no sin que las criaturas se pusieran las sandalias, pues nunca los dejaba andar descalzos de noche, por temor a las víboras.

Fueron. ¿Qué vieron allí? Vieron a su padre que se agachaba, teniendo al perro con una mano, mientras con la otra levantaba por la cola a un coatí, un coaticito chico aún, que gritaba con un chillido rapidísimo y estridente, como un grillo.

—¡Papá, no lo mates! —dijeron las criaturas—. ¡Es muy chiquito! ¡Dánoslo para nosotros!

—Bueno, se lo voy a dar —respondió el padre—. Pero cuídenlo bien, y sobre todo no se olviden de que los coatís toman agua como ustedes.

Esto lo decía porque los chicos habían tenido una vez un gatito montés al cual a cada rato le llevaban carne, que sacaban de la fiambrera; pero nunca le dieron agua, y se murió.

En consecuencia, pusieron al coatí en la misma jaula del gato montés, que estaba cerca del gallinero, y se acostaron todos otra vez.

Y cuando era más de medianoche y había un gran silencio, el coaticito, que sufría mucho por los dientes de la trampa, vio, a la luz de la luna, tres sombras que se acercaban con gran sigilo. El corazón le dio un vuelco al pobre coaticito al reconocer a su madre y a sus dos hermanos que lo estaban buscando.

—¡Mamá, mamá! —murmuró el prisionero en voz muy baja para no hacer ruido—. ¡Estoy aquí! ¡Sáquenme de aquí! ¡No quiero quedarme, ma... má...! —Y lloraba desconsolado.

Pero a pesar de todo estaban contentos porque se habían encontrado, y se hacían mil caricias en el hocico.

Se trató en seguida de hacer salir al prisionero. Probaron primero cortar el alambre tejido, y los cuatro se pusieron a trabajar con los dientes; mas no conseguían nada. Entonces a la madre se le ocurrió de repente una idea, y dijo:

—¡Vamos a buscar las herramientas del hombre! Los hombres tienen herramientas para cortar fierro. Se llaman limas. Tienen tres lados como las víboras de cascabel. Se empuja y se retira. ¡Vamos a buscarla!

Fueron al taller del hombre y volvieron con la lima. Creyendo que uno solo no tendría fuerzas bastantes, sujetaron la lima entre los tres y empezaron el trabajo. Y se entusiasmaron tanto, que al rato la jaula entera temblaba con las sacudidas y hacía un terrible ruido. Tal ruido hacía, que el perro se despertó, lanzando un ronco ladrido. Mas los coatís no esperaron a que el perro les pidiera cuenta de ese escándalo y dispararon al monte, dejando la lima tirada.

Al día siguiente, los chicos fueron temprano a ver a su nuevo huésped, que estaba muy triste.

—¿Qué nombre le pondremos? —preguntó la nena a su hermano.

—¡Ya sé! —respondió el varoncito—. ¡Le pondremos Diecisiete!

¿Por qué Diecisiete? Nunca hubo bicho del monte con nombre más raro. Pero el varoncito estaba aprendiendo a contar, y tal vez le había llamado la atención aquel número.

El caso es que se llamó Diecisiete. Le dieron pan, uvas, chocolate, carne, langostas, huevos, riquísimos huevos de gallina. Lograron que en un solo día se dejara rascar la cabeza; y tan grande es la sinceridad del cariño de las criaturas, que al llegar la noche, el coatí estaba casi resignado con su cautiverio. Pensaba a cada momento en las cosas ricas que había para comer allí, y pensaba en aquellos rubios cachorritos de hombre que tan alegres y buenos eran.

Durante dos noches seguidas, el perro durmió tan cerca de la jaula, que la familia del prisionero no se atrevió a acercarse, con gran sentimiento. Cuando a la tercera noche llegaron de nuevo a buscar la lima para dar libertad al coaticito, este les dijo:

—Mamá: yo no quiero irme más de aquí. Me dan huevos y son muy buenos conmigo. Hoy me dijeron que si me portaba bien me iban a dejar suelto muy pronto. Son como nosotros. Son cachorritos también, y jugamos juntos.

Los coatís salvajes quedaron muy tristes, pero se resignaron, prometiendo al coaticito venir todas las noches a visitarlo.

Efectivamente, todas las noches, lloviera o no, su madre y sus hermanos iban a pasar un rato con él. El coaticito les daba pan por entre el tejido de alambre, y los coatís salvajes se sentaban a comer frente a la jaula.

Al cabo de quince días, el coaticito andaba suelto y él mismo se iba de noche a su jaula. Salvo algunos tirones de orejas que se llevaba por andar cerca del gallinero, todo marchaba bien. Él y las criaturas se querían mucho, y los mismos coatís salvajes, al ver lo buenos que eran aquellos cachorritos de hombre, habían concluido por tomar cariño a las dos criaturas.

Hasta que una noche muy oscura, en que hacía mucho calor y tronaba, los coatís salvajes llamaron al coaticito y nadie les respondió.

Se acercaron muy inquietos y vieron entonces, en el momento en que casi la pisaban, una enorme víbora que estaba enroscada a la entrada de la jaula. Los coatís comprendieron en seguida que el coaticito había sido mordido al entrar, y no había respondido a su llamada porque acaso estaba ya muerto. Pero lo iban a vengar bien. En un segundo, entre los tres, enloquecieron a la serpiente de cascabel, saltando de aquí para allá, y en otro segundo cayeron sobre ella, deshaciéndole la cabeza a mordiscones.

Corrieron entonces adentro, y allí estaba en efecto el coaticito, tendido, hinchado, con las patas temblando y muriéndose. En balde los coatís salvajes lo movieron; lo lamieron en balde por todo el cuerpo durante un cuarto de hora. El coaticito abrió por fin la boca y dejó de respirar, porque estaba muerto.

Los coatís son casi refractarios, como se dice, al veneno de las víboras. No les hace casi nada el veneno, y hay otros animales, como la mangosta, que resisten muy bien el veneno de las víboras. Con toda seguridad el coaticito había sido mordido en una arteria o una vena, porque entonces la sangre se envenena enseguida, y el animal muere. Esto le había pasado al coaticito.

Al verlo así, su madre y sus hermanos lloraron un largo rato. Después, como nada más tenían que hacer allí, salieron de la jaula, se dieron vuelta para mirar por última vez la casa donde tan feliz había sido el coaticito, y se fueron otra vez al monte.

Pero los tres coatís, sin embargo, iban muy preocupados, y su preocupación era esta: ¿qué iban a decir los chicos, cuando, al día siguiente, vieran muerto a su querido coaticito? Los chicos le querían muchísimo, y ellos, los coatís, querían también a los cachorritos rubios. Así es que los tres coatís tenían el mismo pensamiento, y era evitarles ese gran dolor a los chicos.

Hablaron un largo rato y al fin decidieron lo siguiente: el segundo de los coatís, que se parecía muchísimo al menor en cuerpo y en modo de ser, iba a quedarse en la jaula, en vez del difunto. Como estaban enterados de muchos secretos de la casa, por los cuentos del coaticito, los chicos no conocerían nada; extrañarían un poco algunas cosas, pero nada más.

Y así pasó en efecto. Volvieron a la casa, y un nuevo coaticito reemplazó al primero, mientras la madre y el otro hermano se llevaban sujetos a los dientes el cadáver del menor. Lo llevaron despacio al monte, y la cabeza colgaba, balanceándose, y la cola iba arrastrando por el suelo.

Al día siguiente los chicos extrañaron, efectivamente, algunas costumbres raras del coaticito. Pero como este era tan bueno y cariñoso como el otro, las criaturas no tuvieron la menor sospecha. Formaron la misma familia de cachorritos de antes, y, como antes, los coatís salvajes venían noche a noche a visitar al coaticito civilizado, y se sentaban a su lado a comer pedacitos de huevos duros que él les guardaba, mientras ellos le contaban la vida de la selva.

NOTAS DEL AUTOR:

[1] El coatí *(Nasua narica)* es un mamífero de la familia de los prociónidos. El rasgo más acentuado de su anatomía reside en su larga nariz móvil. Posee un olfato muy desarrollado y es omnívoro.

[2] Insectos de caparazón grueso y duro.

[3] Césped.

[4] Zarigüeya, pequeño mamífero marsupial. En América del Sur no hay auténticas comadrejas.

El Aleph

Jorge Luis Borges
(Argentina)

O God!, I could be bounded in a
nutshell, and count myself a King of
infinite space.
Hamlet, II, 2

But they will teach us that Eternity is
the Standing still of the Present Time, a
Nunc-stans (as the Schools call it); which
neither they, nor any else understand,
no more than they would a Hic-stans for
an Infinite greatness of Place.
Leviathan, IV, 46

A Estela Canto

La candente mañana de febrero en que Beatriz Viterbo murió, después de una imperiosa agonía que no se rebajó un solo instante ni al sentimentalismo ni al miedo, noté que las carteleras de fierro de la plaza Constitución habían renovado no sé qué aviso de cigarrillos rubios; el hecho me dolió, pues comprendí que el incesante y vasto universo ya se apartaba de ella y que ese cambio era el primero de una serie infinita. Cambiará el universo pero yo no, pensé con melancólica vanidad; alguna vez, lo sé, mi vana devoción la había exasperado; muerta yo podía consagrarme a su memoria, sin esperanza, pero también sin humillación. Consideré que el 30 de abril era su cumpleaños; visitar ese día la casa de la calle Garay para saludar a su padre y a Carlos Argentino Daneri, su primo hermano, era un acto cortés, irreprochable, tal vez ineludible. De nuevo aguardaría en el crepúsculo de la abarrotada salita, de nuevo estudiaría las circunstancias de sus muchos retratos. Beatriz Viterbo, de perfil, en colores; Beatriz, con antifaz, en los carnavales de 1921; la primera comunión de

Beatriz; Beatriz, el día de su boda con Roberto Alessandri; Beatriz, poco después del divorcio, en un almuerzo del Club Hípico; Beatriz, en Quilmes, con Delia San Marco Porcel y Carlos Argentino; Beatriz, con el pekinés que le regaló Villegas Haedo; Beatriz, de frente y de tres cuartos, sonriendo, la mano en el mentón... No estaría obligado, como otras veces, a justificar mi presencia con módicas ofrendas de libros: libros cuyas páginas, finalmente, aprendí a cortar, para no comprobar, meses después, que estaban intactos.

Beatriz Viterbo murió en 1929; desde entonces, no dejé pasar un 30 de abril sin volver a su casa. Yo solía llegar a las siete y cuarto y quedarme unos veinticinco minutos; cada año aparecía un poco más tarde y me quedaba un rato más; en 1933, una lluvia torrencial me favoreció: tuvieron que invitarme a comer. No desperdicié, como es natural, ese buen precedente; en 1934, aparecí, ya dadas las ocho, con un alfajor santafecino; con toda naturalidad me quedé a comer. Así, en aniversarios melancólicos y vanamente eróticos, recibí las graduales confidencias de Carlos Argentino Daneri.

Beatriz era alta, frágil, muy ligeramente inclinada; había en su andar (si el oxímoron es tolerable) una como graciosa torpeza, un principio de éxtasis; Carlos Argentino es rosado, considerable, canoso, de rasgos finos. Ejerce no sé qué cargo subalterno en una biblioteca ilegible de los arrabales del sur; es autoritario, pero también es ineficaz; aprovechaba, hasta hace muy poco, las noches y las fiestas para no salir de su casa. A dos generaciones de distancia, la ese italiana y la copiosa gesticulación italiana sobreviven en él. Su actividad mental es continua, apasionada, versátil y del todo insignificante. Abunda en inservibles analogías y en ociosos escrúpulos. Tiene (como Beatriz) grandes y afiladas manos hermosas. Durante algunos meses padeció la obsesión de Paul Fort, menos por sus baladas que por la idea de una gloria intachable. «Es el Príncipe de los poetas de Francia», repetía con fatuidad. «En vano te revolverás contra él; no lo alcanzará, no, la más inficionada de tus saetas».

El 30 de abril de 1941 me permití agregar al alfajor una botella de coñac del país. Carlos Argentino lo probó, lo juzgó interesante y emprendió, al cabo de unas copas, una vindicación del hombre moderno.

—Lo evoco —dijo con una animación algo inexplicable— en su gabinete de estudio, como si dijéramos en la torre albarrana de una ciudad, provisto de teléfonos, de telégrafos, de fonógrafos, de aparatos de radiotelefonía, de cinematógrafos, de linternas mágicas, de glosarios, de horarios, de prontuarios, de boletines...

Observó que para un hombre así facultado el acto de viajar era inútil; nuestro siglo xx había transformado la fábula de Mahoma y de la montaña;

las montañas, ahora, convergían sobre el moderno Mahoma.

Tan ineptas me parecieron esas ideas, tan pomposa y tan vasta su exposición, que las relacioné inmediatamente con la literatura; le dije que por qué no las escribía. Previsiblemente respondió que ya lo había hecho: esos conceptos, y otros no menos novedosos, figuraban en el Canto Augural, Canto Prologal o simplemente Canto-Prólogo de un poema en el que trabajaba hacía muchos años, sin *réclame*, sin bullanga ensordecedora, siempre apoyado en esos dos báculos que se llaman el trabajo y la soledad. Primero abría las compuertas a la imaginación; luego hacía uso de la lima. El poema se titulaba «La Tierra»; tratábase de una descripción del planeta, en la que no faltaban, por cierto, la pintoresca digresión y el gallardo apóstrofe.

Le rogué que me leyera un pasaje, aunque fuera breve. Abrió un cajón del escritorio, sacó un alto legajo de hojas de block estampadas con el membrete de la Biblioteca Juan Crisóstomo Lafinur y leyó con sonora satisfacción.

He visto, como el griego, las urbes de los hombres,
los trabajos, los días de varia luz, el hambre;
no corrijo los hechos, no falseo los nombres,
pero el voyage *que narro, es...* autour de ma chambre.

—Estrofa a todas luces interesante —dictaminó—. El primer verso granjea el aplauso del catedrático, del académico, del helenista, cuando no de los eruditos a la violeta, sector considerable de la opinión; el segundo pasa de Homero a Hesíodo (todo un implícito homenaje, en el frontis del flamante edificio, al padre de la poesía didáctica)[21], no sin remozar un procedimiento cuyo abolengo está en la Escritura, la enumeración, congerie o conglobación; el tercero (¿barroquismo, decadentismo, culto depurado y fanático de la forma?) consta de dos hemistiquios gemelos; el cuarto, francamente bilingüe, me asegura el apoyo incondicional de todo espíritu sensible a los desenfadados envites de la facecia. Nada diré de la rima rara ni de la ilustración que me permite ¡sin pedantismo! acumular en cuatro versos tres alusiones eruditas que abarcan treinta siglos de apretada literatura: la primera a la *Odisea,* la segunda a los *Trabajos y días,* la tercera a la bagatela inmortal que nos depararan los ocios de la pluma del saboyano... Comprendo una vez más que el arte moderno exige el bálsamo de la risa, el *scherzo.* ¡Decididamente, tiene la palabra Goldoni!

Otras muchas estrofas me leyó que también obtuvieron su aprobación y su comentario profuso.

---

21 Todo el texto está repleto de referencias culturales a autores clásicos o considerados de culto, como son los griegos Homero y Hesíodo; pero Borges también inventa y recrea sus propios mitos. Es una de las características de su obra.

Nada memorable había en ellas; ni siquiera las juzgué mucho peores que la anterior. En su escritura habían colaborado la aplicación, la resignación y el azar; las virtudes que Daneri les atribuía eran posteriores. Comprendí que el trabajo del poeta no estaba en la poesía; estaba en la invención de razones para que la poesía fuera admirable; naturalmente, ese ulterior trabajo modificaba la obra para él, pero no para otros. La dicción oral de Daneri era extravagante; su torpeza métrica le vedó, salvo contadas veces, trasmitir esa extravagancia al poema.[1]

Una sola vez en mi vida he tenido ocasión de examinar los quince mil dodecasílabos del *Polyolbion,* esa epopeya topográfica en la que Michael Drayton registró la fauna, la flora, la hidrografía, la orografía, la historia militar y monástica de Inglaterra; estoy seguro de que ese producto considerable, pero limitado, es menos tedioso que la vasta empresa congénere de Carlos Argentino. Este se proponía versificar toda la redondez del planeta; en 1941 ya había despachado unas hectáreas del Estado de Queensland, más de un kilómetro del curso del Ob, un gasómetro al norte de Veracruz, las principales casas de comercio de la parroquia de la Concepción, la quinta de Mariana Cambaceres de Alvear en la calle Once de Setiembre, en Belgrano, y un establecimiento de baños turcos no lejos del acreditado acuario de Brighton. Me leyó ciertos laboriosos pasajes de la zona australiana de su poema; esos largos e informes alejandrinos carecían de la relativa agitación del prefacio. Copio una estrofa:[2]

Sepan. A manderecha del poste rutinario
(Viniendo, claro está, desde el Nornoroeste)
Se aburre una osamenta—¿Color? Blanquiceleste—
Que da al corral de ovejas catadura de osario.

—¡Dos audacias —gritó con exultación— rescatadas, te oigo mascullar, por el éxito! Lo admito, lo admito. Una, el epíteto rutinario, que certeramente denuncia, *en passant*[22], el inevitable tedio inherente a las faenas pastoriles y agrícolas, tedio que ni las *Geórgicas* ni nuestro ya laureado *Don Segundo* se atrevieron jamás a denunciar así, al rojo vivo. Otra, el enérgico prosaísmo *se aburre una osamenta*, que el melindroso querrá excomulgar con horror pero que apreciará más que su vida el crítico de gusto viril. Todo el verso, por lo demás, es de muy subidos quilates. El segundo hemistiquio entabla animadísima charla con el lector; se adelanta a su viva curiosidad, le pone una pregunta en la boca y la satisface... al instante. ¿Y qué me dices de ese hallazgo, *blanquiceleste?* El pintoresco neologismo *sugiere* el cielo, que es un factor importantísimo del paisaje australiano. Sin esa evocación resultarían

---

22 A Borges también le gusta incluir referencias cruzadas o frases hechas de otros idiomas, en este caso del francés.

demasiado sombrías las tintas del boceto y el lector se veía compelido a cerrar el volumen, herida en lo más íntimo el alma de incurable y negra melancolía.

Hacia la medianoche me despedí.

Dos domingos después, Daneri me llamó por teléfono, entiendo que por primera vez en la vida. Me propuso que nos reuniéramos a las cuatro, «para tomar juntos la leche, en el contiguo salón-bar que el progresismo de Zunino y de Zungri —los propietarios de mi casa, recordarás— inaugura en la esquina; confitería que te importará conocer». Acepté, con más resignación que entusiasmo. Nos fue difícil encontrar mesa; el «salón-bar», inexorablemente moderno, era apenas un poco menos atroz que mis previsiones; en las mesas vecinas, el excitado público mencionaba las sumas invertidas sin regatear por Zunino y por Zungri. Carlos Argentino fingió asombrarse de no sé qué primores de la instalación de la luz (que, sin duda, ya conocía) y me dijo con cierta severidad:

—Mal de tu grado habrás de reconocer que este local se parangona con los más encopetados de Flores.

Me releyó, después, cuatro o cinco páginas del poema. Las había corregido según un depravado principio de ostentación verbal: donde antes escribió *azulado,* ahora abundaba en *azulino, azulenco* y hasta *azulillo.* La palabra *lechoso* no era bastante fea para él; en la impetuosa descripción de un lavadero de lanas, prefería *lactario, lacticinoso, lactescente, lechal...* Denostó con amargura a los críticos; luego, más benigno, los equiparó a esas personas, «que no disponen de metales preciosos ni tampoco de prensas de vapor, laminadores y ácidos sulfúricos para la acuñación de tesoros, pero que pueden *indicar* a los *otros el sitio* de un tesoro». Acto continuo censuró la *prologomanía,* «de la que ya hizo mofa, en la donosa prefación del Quijote, el Príncipe de los Ingenios». Admitió, sin embargo, que en la portada de la nueva obra convenía el prólogo vistoso, el espaldarazo firmado por el plumífero de garra, de fuste. Agregó que pensaba publicar los cantos iniciales de su poema. Comprendí, entonces, la singular invitación telefónica; el hombre iba a pedirme que prologara su pedantesco fárrago. Mi temor resultó infundado: Carlos Argentino observó, con admiración rencorosa, que no creía errar el epíteto al calificar de sólido el prestigio logrado en todos los círculos por Álvaro Melián Lafinur, hombre de letras, que, si yo me empeñaba, prologaría con embeleso el poema. Para evitar el más imperdonable de los fracasos, yo tenía que hacerme portavoz de dos méritos inconcusos: la perfección formal y el rigor científico, «porque ese dilatado jardín de tropos, de figuras, de galanuras, no tolera un solo detalle que no confirme la severa verdad». Agregó que Beatriz siempre se había distraído con Álvaro.

Asentí, profusamente asentí. Aclaré, para mayor verosimilitud, que no hablaría el lunes con Álvaro, sino el jueves: en la pequeña cena que suele coronar toda reunión del Club de Escritores. (No hay tales cenas, pero es irrefutable que las reuniones tienen lugar los jueves, hecho que Carlos Argentino Daneri podía comprobar en los diarios y que dotaba de cierta realidad a la frase.) Dije, entre adivinatorio y sagaz, que antes de abordar el tema del prólogo, describiría el curioso plan de la obra. Nos despedimos; al doblar por Bernardo de Irigoyen, encaré con toda imparcialidad los porvenires que me quedaban: a) hablar con Álvaro y decirle que el primo hermano aquel de Beatriz (ese eufemismo explicativo me permitiría nombrarla) había elaborado un poema que parecía dilatar hasta lo infinito las posibilidades de la cacofonía y del caos; b) no hablar con Álvaro. Preví, lúcidamente, que mi desidia optaría por b.

A partir del viernes a primera hora, empezó a inquietarme el teléfono. Me indignaba que ese instrumento, que algún día produjo la irrecuperable voz de Beatriz, pudiera rebajarse a receptáculo de las inútiles y quizá coléricas quejas de ese engañado Carlos Argentino Daneri. Felizmente, nada ocurrió —salvo el rencor inevitable que me inspiró aquel hombre que me había impuesto una delicada gestión y luego me olvidaba.

El teléfono perdió sus terrores, pero a fines de octubre, Carlos Argentino me habló. Estaba agitadísimo; no identifiqué su voz, al principio. Con tristeza y con ira balbuceó que esos ya ilimitados Zunino y Zungri, so pretexto de ampliar su desaforada confitería, iban a demoler su casa.

—¡La casa de mis padres, mi casa, la vieja casa inveterada de la calle Garay! —repitió, quizá olvidando su pesar en la melodía.

No me resultó muy difícil compartir su congoja. Ya cumplidos los cuarenta años, todo cambio es un símbolo detestable del pasaje del tiempo; además, se trataba de una casa que, para mí, aludía infinitamente a Beatriz. Quise aclarar ese delicadísimo rasgo; mi interlocutor no me oyó. Dijo que si Zunino y Zungri persistían en ese propósito absurdo, el doctor Zunni, su abogado, los demandaría *ipso facto* por daños y perjuicios y los obligaría a abonar cien mil nacionales.

El nombre de Zunni me impresionó; su bufete, en Caseros y Tacuarí, es de una seriedad proverbial. Interrogué si este se había encargado ya del asunto. Daneri dijo que le hablaría esa misma tarde. Vaciló y con esa voz llana, impersonal, a que solemos recurrir para confiar algo muy íntimo, dijo que para terminar el poema le era indispensable la casa, pues en un ángulo del sótano había un Aleph. Aclaró que un Aleph es uno de los puntos del espacio que contiene todos los puntos.

—Está en el sótano del comedor —explicó, aligerada su dicción por la angustia—. Es mío, es mío: yo lo descubrí en la niñez, antes de la edad escolar. La escalera del sótano es empinada, mis tíos me tenían prohibido el descenso, pero alguien dijo que había un mundo en el sótano. Se refería, lo supe después, a un baúl, pero yo entendí que había un mundo. Bajé secretamente, rodé por la escalera vedada, caí. Al abrir los ojos, vi el Aleph.

—¿El Aleph? —repetí.

—Sí, el lugar donde están, sin confundirse, todos los lugares del orbe, vistos desde todos los ángulos. A nadie revelé mi descubrimiento, pero volví. ¡El niño no podía comprender que le fuera deparado ese privilegio para que el hombre burilara el poema! No me despojarán Zunino y Zungri, no y mil veces no. Código en mano, el doctor Zunni probará que es *inajenable* mi Aleph.

Traté de razonar.

—Pero ¿no es muy oscuro el sótano?

—La verdad no penetra en un entendimiento rebelde. Si todos los lugares de la tierra están en el Aleph, ahí estarán todas las luminarias, todas las lámparas, todos los veneros de luz.

—Iré a verlo inmediatamente.

Corté, antes de que pudiera emitir una prohibición. Basta el conocimiento de un hecho para percibir en el acto una serie de rasgos confirmatorios, antes insospechados; me asombró no haber comprendido hasta ese momento que Carlos Argentino era un loco. Todos esos Viterbo, por lo demás...

Beatriz (yo mismo suelo repetirlo) era una mujer, una niña de una clarividencia casi implacable, pero había en ella negligencias, distracciones, desdenes, verdaderas crueldades, que tal vez reclamaban una explicación patológica. La locura de Carlos Argentino me colmó de maligna felicidad; íntimamente, siempre nos habíamos detestado.

En la calle Garay, la sirvienta me dijo que tuviera la bondad de esperar. El niño estaba, como siempre, en el sótano, revelando fotografías. Junto al jarrón sin una flor, en el piano inútil, sonreía (más intemporal que anacrónico) el gran retrato de Beatriz, en torpes colores. No podía vernos nadie; en una desesperación de ternura me aproximé al retrato y le dije:

—Beatriz, Beatriz Elena, Beatriz Elena Viterbo, Beatriz querida, Beatriz perdida para siempre, soy yo, soy Borges.

Carlos entró poco después. Habló con sequedad; comprendí que no era capaz de otro pensamiento que de la perdición del Aleph.

—Una copita del seudocoñac —ordenó— y te zampuzarás en el sótano. Ya sabes, el decúbito dorsal es indispensable. También lo son la oscuridad, la inmovilidad, cierta acomodación ocular. Te acuestas en el piso de baldosas y fijas los ojos en el décimonono escalón de la pertinente escalera. Me voy, bajo la trampa y te quedas solo. Algún roedor te mete miedo ¡fácil empresa! A los pocos minutos ves el Aleph. ¡El microcosmo de alquimistas y cabalistas, nuestro concreto amigo proverbial, el *multum in parvo!*[23]

Ya en el comedor, agregó:

—Claro está que si no lo ves, tu incapacidad no invalida mi testimonio... Baja; muy en breve podrás entablar un diálogo con todas las imágenes de Beatriz.

Bajé con rapidez, harto de sus palabras insustanciales. El sótano, apenas más ancho que la escalera, tenía mucho de pozo. Con la mirada, busqué en vano el baúl de que Carlos Argentino me habló. Unos cajones con botellas y unas bolsas de lona entorpecían un ángulo. Carlos tomó una bolsa, la dobló y la acomodó en un sitio preciso.

—La almohada es humildosa —explicó—, pero si la levanto un solo centímetro, no verás ni una pizca y te quedas corrido y avergonzado. Repantiga en el suelo ese corpachón y cuenta diecinueve escalones.

Cumplí con sus ridículos requisitos; al fin se fue. Cerró cautelosamente la trampa; la oscuridad, pese a una hendija que después distinguí, pudo parecerme total. Súbitamente comprendí mi peligro: me había dejado soterrar por un loco, luego de tomar un veneno. Las bravatas de Carlos trasparentaban el íntimo terror de que yo no viera el prodigio; Carlos, para defender su delirio, para no saber que estaba loco, *tenía que matarme.* Sentí un confuso

---

23   Expresión latina que significa «mucho en poco».

malestar, que traté de atribuir a la rigidez, y no a la operación de un narcótico. Cerré los ojos, los abrí. Entonces vi el Aleph.

Arribo, ahora, al inefable centro de mi relato; empieza, aquí, mi desesperación de escritor. Todo lenguaje es un alfabeto de símbolos cuyo ejercicio presupone un pasado que los interlocutores comparten; ¿cómo trasmitir a los otros el infinito Aleph, que mi temerosa memoria apenas abarca? Los místicos, en análogo trance, prodigan los emblemas: para significar la divinidad, un persa habla de un pájaro que de algún modo es todos los pájaros; Alanus de Insulis, de una esfera cuyo centro está en todas partes y la circunferencia en ninguna; Ezequiel, de un ángel de cuatro caras que a un tiempo se dirige al oriente y al occidente, al norte y al sur. (No en vano rememoro esas inconcebibles analogías; alguna relación tienen con el Aleph.) Quizá los dioses no me negarían un hallazgo de una imagen equivalente, pero este informe quedaría contaminado de literatura, de falsedad. Por lo demás, el problema central es irresoluble: la enumeración, siquiera parcial, de un conjunto infinito. En ese instante gigantesco, he visto millones de actos deleitables o atroces; ninguno me asombró como el hecho de que todos ocuparan el mismo punto, sin superposición y sin trasparencia. Lo que vieron mis ojos fue simultáneo: lo que transcribiré, sucesivo, porque el lenguaje lo es. Algo, sin embargo, recogeré.

En la parte inferior del escalón, hacia la derecha, vi una pequeña esfera tornasolada, de casi intolerable fulgor. Al principio la creí giratoria; luego comprendí que ese movimiento era una ilusión producida por los vertiginosos espectáculos que encerraba. El diámetro del Aleph sería de dos o tres centímetros, pero el espacio cósmico estaba ahí, sin disminución de tamaño. Cada cosa (la luna del espejo, digamos) era infinitas cosas, porque yo claramente la veía desde todos los puntos del universo. Vi el populoso mar, vi el alba y la tarde, vi las muchedumbres de América, vi una plateada telaraña en el centro de una negra pirámide, vi un laberinto roto (era Londres), vi interminables ojos inmediatos escrutándose en mí como en un espejo, vi todos los espejos del planeta y ninguno me reflejó, vi en un traspatio de la calle Soler las mismas baldosas que hace treinta años vi en el zaguán de una casa en Fray Bentos, vi racimos, nieve, tabaco, vetas de metal, vapor de agua, vi convexos desiertos ecuatoriales y cada uno de sus granos de arena, vi en Inverness a una mujer que no olvidaré, vi la violenta cabellera, el altivo cuerpo, vi un cáncer en el pecho, vi un círculo de tierra seca en una vereda, donde antes hubo un árbol, vi una quinta de Adrogué, un ejemplar de la primera versión inglesa de Plinio, la de Philemon Holland, vi a un tiempo cada letra de cada página (de chico, yo solía maravillarme de que las letras de un volumen cerrado no se mezclaran y perdieran en el decurso de la noche), vi la noche y el día contemporáneo, vi un poniente en Querétaro que parecía reflejar el color de una rosa en Bengala, vi mi dormitorio sin nadie, vi en un gabinete de Alkmaar un globo terráqueo entre dos espejos que lo multiplican sin fin, vi caballos de crin arremolinada, en una playa del mar Caspio en el alba, vi la delicada osatura de una mano, vi a los sobrevivientes de una batalla, enviando tarjetas postales, vi en un escaparate de Mirzapur una baraja española, vi las sombras oblicuas de unos helechos en el suelo de un invernáculo, vi tigres, émbolos, bisontes, marejadas y ejércitos, vi todas las hormigas que hay en la tierra, vi un astrolabio persa, vi en un cajón del escritorio (y la letra me hizo temblar) cartas obscenas, increíbles, precisas, que Beatriz había dirigido a Carlos Argentino, vi un adorado monumento en la Chacarita, vi la reliquia atroz de lo que deliciosamente había sido Beatriz Viterbo, vi la circulación de mi oscura sangre, vi el engranaje del amor y la modificación de la muerte, vi el Aleph, desde todos los puntos, vi en el Aleph la tierra, y en la tierra otra vez el Aleph y en el Aleph la tierra, vi mi cara y mis vísceras, vi tu cara, y sentí vértigo y lloré, porque mis ojos habían visto ese objeto secreto y conjetural, cuyo nombre usurpan los hombres, pero que ningún hombre ha mirado: el inconcebible universo.

Sentí infinita veneración, infinita lástima.

—Tarumba habrás quedado de tanto curiosear donde no te llaman —dijo una voz aborrecida y jovial—. Aunque te devanes los sesos, no me pagarás en un siglo esta revelación. ¡Qué observatorio formidable, che Borges!

Los zapatos de Carlos Argentino ocupaban el escalón más alto. En la brusca penumbra, acerté a levantarme y a balbucear:

—Formidable. Sí, formidable.

La indiferencia de mi voz me extrañó. Ansioso, Carlos Argentino insistía:

—¿Lo viste todo bien, en colores?

En ese instante concebí mi venganza. Benévolo, manifiestamente apiadado, nervioso, evasivo, agradecí a Carlos Argentino Daneri la hospitalidad de su sótano y lo insté a aprovechar la demolición de la casa para alejarse de la perniciosa metrópoli, que a nadie ¡créame, que a nadie!, perdona. Me negué, con suave energía, a discutir el Aleph; lo abracé, al despedirme, y le repetí que el campo y la serenidad son dos grandes médicos.

En la calle, en las escaleras de Constitución, en el subterráneo, me parecieron familiares todas las caras. Temí que no quedara una sola cosa capaz de sorprenderme, temí que no me abandonara jamás la impresión de volver. Felizmente, al cabo de unas noches de insomnio, me trabajó otra vez el olvido.

Posdata del primero de marzo de 1943. A los seis meses de la demolición del inmueble de la calle Garay, la Editorial Procusto no se dejó arredrar por la longitud del considerable poema y lanzó al mercado una selección de «trozos argentinos». Huelga repetir lo ocurrido; Carlos Argentino Daneri recibió el Segundo Premio Nacional de Literatura.[3] El primero fue otorgado al doctor Aita; el tercero, al doctor Mario Bonfanti; increíblemente, mi obra *Los naipes del tahúr* no logró un solo voto. ¡Una vez más, triunfaron la incomprensión y la envidia! Hace ya mucho tiempo que no consigo ver a Daneri; los diarios dicen que pronto nos dará otro volumen. Su afortunada pluma (no entorpecida ya por el Aleph) se ha consagrado a versificar los epítomes del doctor Acevedo Díaz.

Dos observaciones quiero agregar: una, sobre la naturaleza del Aleph; otra, sobre su nombre. Éste, como es sabido, es el de la primera letra del alfabeto de la lengua sagrada. Su aplicación al disco de mi historia no parece casual. Para la Cábala, esa letra significa el En Soph, la ilimitada y pura divinidad; también se dijo que tiene la forma de un hombre que señala el cielo y la tierra, para indicar que el mundo inferior es el espejo y es el mapa del superior; para la *Mengenlehre,* es el símbolo de los números transfinitos, en los que el todo no es mayor que alguna de las partes. Yo querría saber: ¿Eligió Carlos Argentino ese nombre, o lo leyó, *aplica-*

do a otro punto donde convergen todos los puntos, en alguno de los textos innumerables que el Aleph de su casa le reveló? Por increíble que parezca, yo creo que hay (o que hubo) otro Aleph, yo creo que el Aleph de la calle Garay era un falso Aleph.

Doy mis razones. Hacia 1867 el capitán Burton ejerció en el Brasil el cargo de cónsul británico; en julio de 1942 Pedro Henríquez Ureña descubrió en una biblioteca de Santos un manuscrito suyo que versaba sobre el espejo que atribuye el Oriente a Iskandar Zu al-Karnayn, o Alejandro Bicorne de Macedonia. En su cristal se reflejaba el universo entero. Burton menciona otros artificios congéneres —la séptuple copa de Kai Josrú, el espejo que Tárik Benzeyad encontró en una torre (*Las mil y una noches,* 272), el espejo que Luciano de Samosata pudo examinar en la luna (*Historia Verdadera,* I, 26), la lanza especular que el primer libro del *Satyricon* de Capella atribuye a Júpiter, el espejo universal de Merlín «redondo y hueco y semejante a un mundo de vidrio» (*The Faerie Queene,* III, 2, 19)— y añade estas curiosas palabras: «Pero los anteriores (además del defecto de no existir) son meros instrumentos de óptica. Los fieles que concurren a la mezquita de Amr, en El Cairo, saben muy bien que el universo está en el interior de una de las columnas de piedra que rodean el patio central... Nadie, claro está, puede verlo, pero quienes acercan el oído a la superficie, declaran percibir, al poco tiempo, su atareado rumor... La mezquita data del siglo VII; las columnas proceden de otros templos de religiones anteislámicas, pues como ha escrito Abenjaldún: "En las repúblicas fundadas por nómadas, es indispensable el concurso de forasteros para todo lo que sea albañilería"».

¿Existe ese Aleph en lo íntimo de una piedra? ¿Lo he visto cuando vi todas las cosas y lo he olvidado? Nuestra mente es porosa para el olvido; yo mismo estoy falseando y perdiendo, bajo la trágica erosión de los años, los rasgos de Beatriz.

NOTAS DEL AUTOR:

[1] Recuerdo, sin embargo, estas líneas de una sátira en que fustigó con rigor a los malos poetas.

Aqueste da al poema belicosa armadura
De erudición; estotro le da pompas y galas
Ambos baten en vano las ridículas alas...
¡Olvidaron cuitados el factor HERMOSURA!

[2] Sólo el temor de crearse un ejército de enemigos implacables y poderosos lo disuadió (me dijo) de publicar sin miedo el poema.

[3] «Recibí tu apenada congratulación», me escribió. «Bufas, mi lamentable amigo, de envidia, pero confesarás —¡aunque te ahogue!— que esta vez pude coronar mi bonete con la más roja de las plumas; mi turbante, con el más *Califa* de los rubíes».

Casa tomada

Julio Cortázar
(Argentina)

Nos gustaba la casa porque aparte de espaciosa y antigua (hoy que las casas antiguas sucumben a la más ventajosa liquidación de sus materiales) guardaba los recuerdos de nuestros bisabuelos, el abuelo paterno, nuestros padres y toda la infancia.

Nos habituamos Irene y yo a persistir solos en ella, lo que era una locura pues en esa casa podían vivir ocho personas sin estorbarse. Hacíamos la limpieza por la mañana, levantándonos a las siete, y a eso de las once yo le dejaba a Irene las últimas habitaciones por repasar y me iba a la cocina. Almorzábamos al mediodía, siempre puntuales; ya no quedaba nada por hacer fuera de unos platos sucios. Nos resultaba grato almorzar pensando en la casa profunda y silenciosa y cómo nos bastábamos para mantenerla limpia. A veces llegábamos a creer que era ella la que no nos dejó casarnos. Irene rechazó dos pretendientes sin mayor motivo, a mí se me murió María Esther antes que llegáramos a comprometernos. Entramos en los cuarenta años con la inexpresada idea de que el nuestro, simple y silencioso matrimonio de hermanos, era necesaria clausura de la genealogía asentada por nuestros bisabuelos en nuestra casa. Nos moriríamos allí algún día, vagos y esquivos primos se quedarían con la casa y la echarían al suelo para enriquecerse con el terreno y los ladrillos; o mejor, nosotros mismos la voltearíamos justicieramente antes de que fuese demasiado tarde.

Irene era una chica nacida para no molestar a nadie. Aparte de su actividad matinal se pasaba el resto del día tejiendo en el sofá de su dormitorio. No sé por qué tejía tanto, yo creo que las mujeres tejen cuando han encontrado en esa labor el gran pretexto para no hacer nada. Irene no era así, tejía cosas siempre necesarias, tricotas para el invierno, medias para mí, mañanitas y chalecos para ella. A veces tejía un chaleco y después lo destejía en un momento porque algo no le agradaba; era gracioso ver en la canastilla el montón de lana encrespada resistiéndose a perder su forma de algunas horas. Los sábados iba yo al centro a comprarle lana; Irene tenía fe en mi gusto, se complacía con los colores y nunca tuve que devolver madejas. Yo aprovechaba esas salidas para dar una vuelta por las librerías y preguntar vanamente si había novedades en literatura francesa. Desde 1939 no llegaba nada valioso a la Argentina.

Pero es de la casa que me interesa hablar, de la casa y de Irene, porque yo no tengo importancia. Me pregunto qué hubiera hecho Irene sin el tejido. Uno puede releer un libro, pero cuando un pullover está terminado no se puede repetirlo sin escándalo. Un día encontré el cajón de abajo de la cómoda de alcanfor lleno de pañoletas blancas, verdes, lila. Estaban con naftalina, apiladas como en una mercería; no tuve valor para preguntarle a Irene qué pensaba hacer con ellas. No necesitábamos ganarnos la vida, todos los meses llegaba plata de los campos y el dinero aumentaba. Pero a Irene solamente la entretenía el tejido, mostraba una destreza maravillosa y a mí se me iban las horas viéndole las manos como erizos plateados, agujas yendo y viniendo y una o dos canastillas en el suelo donde se agitaban constantemente los ovillos. Era hermoso.

Cómo no acordarme de la distribución de la casa. El comedor, una sala con gobelinos[24], la biblioteca y tres dormitorios grandes quedaban en la parte más retirada, la que mira hacia Rodríguez Peña. Solamente un pasillo con su maciza puerta de roble aislaba esa parte del ala delantera donde había un baño, la cocina, nuestros dormitorios y el living[25] central, al cual comunicaban los dormitorios y el pasillo. Se entraba a la casa por un za-

---

24   Se refiere a un tipo de tapiz.
25   Nótese el anglicismo para designar comedor.

guán[26] con mayólica[27], y la puerta cancel[28] daba al living. De manera que uno entraba por el zaguán, abría la cancel y pasaba al living; tenía a los lados las puertas de nuestros dormitorios, y al frente el pasillo que conducía a la parte más retirada; avanzando por el pasillo se franqueaba la puerta de roble y mas allá empezaba el otro lado de la casa, o bien se podía girar a la izquierda justamente antes de la puerta y seguir por un pasillo más estrecho que llevaba a la cocina y el baño. Cuando la puerta estaba abierta advertía uno que la casa era muy grande; si no, daba la impresión de un departamento de los que se edifican ahora, apenas para moverse; Irene y yo vivíamos siempre en esta parte de la casa, casi nunca íbamos más allá de la puerta de roble, salvo para hacer la limpieza, pues es increíble cómo se junta tierra en los muebles. Buenos Aires será una ciudad limpia, pero eso lo debe a sus habitantes y no a otra cosa. Hay demasiada tierra en el aire, apenas sopla una ráfaga se palpa el polvo en los mármoles de las consolas y entre los rombos de las carpetas de macramé; da trabajo sacarlo bien con plumero, vuela y se suspende en el aire, un momento después se deposita de nuevo en los muebles y los pianos.

---

26 Palabra con solera para designar el espacio cubierto situado en las casas, junto a la puerta, como entrada.

27 Un tipo de decoración de cerámica.

28 Contrapuerta de tres hojas para evitar ruidos o impedir la entrada de aire.

Lo recordaré siempre con claridad porque fue simple y sin circunstancias inútiles. Irene estaba tejiendo en su dormitorio, eran las ocho de la noche y de repente se me ocurrió poner al fuego la pavita del mate. Fui por el pasillo hasta enfrentar la entornada puerta de roble, y daba la vuelta al codo que llevaba a la cocina cuando escuché algo en el comedor o en la biblioteca. El sonido venía impreciso y sordo, como un volcarse de silla sobre la alfombra o un ahogado susurro de conversación. También lo oí, al mismo tiempo o un segundo después, en el fondo del pasillo que traía desde aquellas piezas hasta la puerta. Me tiré contra la pared antes de que fuera demasiado tarde, la cerré de golpe apoyando el cuerpo; felizmente la llave estaba puesta de nuestro lado y además corrí el gran cerrojo para más seguridad.

Fui a la cocina, calenté la pavita, y cuando estuve de vuelta con la bandeja del mate le dije a Irene:

—Tuve que cerrar la puerta del pasillo. Han tomado parte del fondo.

Dejó caer el tejido y me miró con sus graves ojos cansados.

—¿Estás seguro?

Asentí.

—Entonces —dijo recogiendo las agujas— tendremos que vivir en este lado.

Yo cebaba el mate[29] con mucho cuidado, pero ella tardó un rato en reanudar su labor. Me acuerdo que me tejía un chaleco gris; a mí me gustaba ese chaleco.

Los primeros días nos pareció penoso porque ambos habíamos dejado en la parte tomada muchas cosas que queríamos. Mis libros de literatura francesa, por ejemplo, estaban todos en la biblioteca. Irene pensó en una botella de Hesperidina de muchos años. Con frecuencia (pero esto solamente sucedió los primeros días) cerrábamos algún cajón de las cómodas y nos mirábamos con tristeza.

—No está aquí.

Y era una cosa más de todo lo que habíamos perdido al otro lado de la casa.

Pero también tuvimos ventajas. La limpieza se simplificó tanto que aun levantándose tardísimo, a las nueve y media por ejemplo, no daban las once y ya estábamos de brazos cruzados. Irene se acostumbró a ir conmigo a la cocina y ayudarme a preparar el almuerzo. Lo pensamos bien, y se decidió esto: mientras yo preparaba el almuerzo, Irene cocinaría platos para comer fríos de noche. Nos alegramos porque siempre resultaba molesto tener que abandonar los dormitorios al atardecer y ponerse a cocinar. Ahora nos bastaba con la mesa en el dormitorio de Irene y las fuentes de comida fiambre.

---

29   Mate: Bebida muy típica en Argentina preparada con las hojas de la hierba mate.

Irene estaba contenta porque le quedaba más tiempo para tejer. Yo andaba un poco perdido a causa de los libros, pero por no afligir a mi hermana me puse a revisar la colección de estampillas de papá, y eso me sirvió para matar el tiempo. Nos divertíamos mucho, cada uno en sus cosas, casi siempre reunidos en el dormitorio de Irene que era más cómodo. A veces Irene decía:

—Fijate este punto que se me ha ocurrido. ¿No da un dibujo de trébol?

Un rato después era yo el que le ponía ante los ojos un cuadradito de papel para que viese el mérito de algún sello de Eupen y Malmédy. Estábamos bien, y poco a poco empezábamos a no pensar. Se puede vivir sin pensar.

Cuando Irene soñaba en alta voz yo me desvelaba en seguida. Nunca pude habituarme a esa voz de estatua o papagayo, voz que viene de los sueños y no de la garganta. Irene decía que mis sueños consistían en grandes sacudones que a veces hacían caer el cobertor. Nuestros dormitorios tenían el living de por medio, pero de noche se escuchaba cualquier cosa en la casa. Nos oíamos respirar, toser, presentíamos el ademán que conduce a la llave del velador, los mutuos y frecuentes insomnios.

Aparte de eso todo estaba callado en la casa. De día eran los rumores domésticos, el roce metálico de las agujas de tejer, un crujido al pasar las hojas del álbum filatélico. La puerta de roble, creo haberlo dicho, era maciza. En la cocina y el baño, que quedaban tocando la parte tomada, nos poníamos a hablar en voz más alta o Irene cantaba canciones de cuna. En una cocina hay demasiados ruidos de loza y vidrios para que otros sonidos irrumpan en ella. Muy pocas veces permitíamos allí el silencio, pero cuando tornábamos a los dormitorios y al living, entonces la casa se ponía callada y a media luz, hasta pisábamos despacio para no molestarnos. Yo creo que era por eso que de noche, cuando Irene empezaba a soñar en alta voz, me desvelaba en seguida.

Es casi repetir lo mismo salvo las consecuencias. De noche siento sed, y antes de acostarnos le dije a Irene que iba hasta la cocina a servirme un vaso de agua. Desde la puerta del dormitorio (ella tejía) oí ruido en la cocina; tal vez en la cocina o tal vez en el baño porque el codo del pasillo apagaba el sonido. A Irene le llamó la atención mi brusca manera de detenerme, y vino a mi lado sin decir palabra. Nos quedamos escuchando los ruidos, notando claramente que eran de este lado de la puerta de roble, en la cocina y el baño, o en el pasillo mismo donde empezaba el codo casi al lado nuestro.

No nos miramos siquiera. Apreté el brazo de Irene y la hice correr conmigo hasta la puerta cancel, sin volvernos hacia atrás. Los ruidos se oían más fuerte pero siempre sordos, a espaldas nuestras. Cerré de un golpe la cancel y nos quedamos en el zaguán. Ahora no se oía nada.

—Han tomado esta parte —dijo Irene. El tejido le colgaba de las manos y las hebras iban hasta la cancel y se perdían debajo. Cuando vio que los ovillos habían quedado del otro lado, soltó el tejido sin mirarlo.

—¿Tuviste tiempo de traer alguna cosa? —le pregunté inútilmente.

—No, nada.

Estábamos con lo puesto. Me acordé de los quince mil pesos en el armario de mi dormitorio. Ya era tarde ahora.

Como me quedaba el reloj pulsera, vi que eran las once de la noche. Rodeé con mi brazo la cintura de Irene (yo creo que ella estaba llorando) y salimos así a la calle. Antes de alejarnos tuve lástima, cerré bien la puerta de entrada y tiré la llave a la alcantarilla. No fuese que a algún pobre diablo se le ocurriera robar y se metiera en la casa, a esa hora y con la casa tomada.

Nos han dado la tierra

Juan Rulfo
(México)

A Clara

Después de tantas horas de caminar sin encontrar ni una sombra de árbol, ni una semilla de árbol, ni una raíz de nada, se oye el ladrar de los perros.

Uno ha creído a veces, en medio de este camino sin orillas, que nada habría después; que no se podría encontrar nada al otro lado, al final de esta llanura rajada de grietas y de arroyos secos. Pero sí, hay algo. Hay un pueblo. Se oye que ladran los perros y se siente en el aire el olor del humo, y se saborea ese olor de la gente como si fuera una esperanza.

Pero el pueblo está todavía muy allá. Es el viento el que lo acerca.

Hemos venido caminando desde el amanecer. Ahorita son algo así como las cuatro de la tarde. Alguien se asoma al cielo, estira los ojos hacia donde está colgado el sol y dice:

—Son como las cuatro de la tarde.

Ese alguien es Melitón. Junto con él, vamos Faustino, Esteban y yo. Somos cuatro. Yo los cuento: dos adelante, otros dos atrás. Miro más atrás y no veo a nadie. Entonces me digo: «Somos cuatro». Hace rato, como a eso de las once, éramos veintitantos; pero puñito a puñito[30] se han ido desperdigando hasta quedar nada más este nudo que somos nosotros.

Faustino dice:

—Puede que llueva.

Todos levantamos la cara y miramos una nube negra y pesada que pasa por encima de nuestras cabezas. Y pensamos: «Puede que sí».

No decimos lo que pensamos. Hace ya tiempo que se nos acabaron las ganas de hablar. Se nos acabaron con el calor. Uno platicaría[31] muy a gusto en otra parte, pero aquí cuesta trabajo. Uno platica aquí y las palabras se calientan en la boca con el calor de afuera, y se le resecan a uno en la lengua hasta que acaban con el resuello.

Aquí así son las cosas. Por eso a nadie le da por platicar.

Cae una gota de agua, grande, gorda, haciendo un agujero en la tierra y dejando una plasta como la de un salivazo. Cae sola. Nosotros esperamos a que sigan cayendo más. No llueve. Ahora si se mira el cielo se ve a la nube aguacera corriéndose muy lejos, a toda prisa. El viento que viene del pueblo se le arrima empujándola contra las sombras azules de los cerros. Y a la gota caída por equivocación se la come la tierra y la desaparece en su sed.

---

30 Expresión popular, «poco a poco».
31 Charlar, conversar.

¿Quién diablos haría este llano tan grande? ¿Para qué sirve, eh?

Hemos vuelto a caminar. Nos habíamos detenido para ver llover. No llovió. Ahora volvemos a caminar. Y a mí se me ocurre que hemos caminado más de lo que llevamos andado. Se me ocurre eso. De haber llovido quizá se me ocurrieran otras cosas. Con todo, yo sé que desde que yo era muchacho, no vi llover nunca sobre el llano, lo que se llama llover.

No, el llano no es cosa que sirva. No hay ni conejos ni pájaros. No hay nada. A no ser unos cuantos huizaches trespeleques[32] y una que otra manchita de zacate con las hojas enroscadas; a no ser eso, no hay nada.

Y por aquí vamos nosotros. Los cuatro a pie. Antes andábamos a caballo y traíamos terciada una carabina. Ahora no traemos ni siquiera la carabina.

Yo siempre he pensado que en eso de quitarnos la carabina hicieron bien. Por acá resulta peligroso andar armado. Lo matan a uno sin avisarle, viéndolo a toda hora con «la 30» amarrada a las correas. Pero los caballos son otro asunto. De venir a caballo ya hubiéramos probado el agua verde del río, y paseado nuestros estómagos por las calles del pueblo para que se les bajara la comida. Ya lo hubiéramos hecho de tener todos aquellos caballos

---

32   Término nahuatl para referirse a un tipo de árbol, más bien arbusto. El adjetivo «trespeleques» significa escuálido o raquítico y se usa de una manera despectiva.

que teníamos. Pero también nos quitaron los caballos junto con la carabina.

Vuelvo hacia todos lados y miro el llano. Tanta y tamaña tierra para nada. Se le resbalan a uno los ojos al no encontrar cosa que los detenga. Solo unas cuantas lagartijas salen a asomar la cabeza por encima de sus agujeros, y luego que sienten la tatema del sol corren a esconderse en la sombrita de una piedra. Pero nosotros, cuando tengamos que trabajar aquí, ¿qué haremos para enfriarnos del sol, eh? Porque a nosotros nos dieron esta costra de tepetate[33] para que la sembráramos.

Nos dijeron:

—Del pueblo para acá es de ustedes.

Nosotros preguntamos:

—¿El Llano?

—Sí, el llano. Todo el Llano Grande.

Nosotros paramos la jeta para decir que el Llano no lo queríamos. Que queríamos lo que estaba junto al río. Del río para allá, por las vegas, donde están esos árboles llamados casuarinas y las paraneras y la tierra buena. No este duro pellejo de vaca que se llama el Llano.

Pero no nos dejaron decir nuestras cosas. El delegado no venía a conversar con nosotros. Nos puso los papeles en la mano y nos dijo:

—No se vayan a asustar por tener tanto terreno para ustedes solos.

---

33 Suelo endurecido.

—Es que el Llano, señor delegado…

—Son miles y miles de yuntas[34].

—Pero no hay agua. Ni siquiera para hacer un buche hay agua.

—¿Y el temporal? Nadie les dijo que se les iba a dotar con tierras de riego. En cuanto allí llueva, se levantará el maíz como si lo estiraran.

—Pero, señor delegado, la tierra está deslavada, dura. No creemos que el arado se entierre en esa como cantera que es la tierra del Llano. Habría que hacer agujeros con el azadón para sembrar la semilla y ni aun así es positivo que nazca nada; ni maíz ni nada nacerá.

—Eso manifiéstenlo por escrito. Y ahora váyanse. Es al latifundio al que tienen que atacar, no al Gobierno que les da la tierra.

—Espérenos usted, señor delegado. Nosotros no hemos dicho nada contra el Centro. Todo es contra el Llano… No se puede contra lo que no se puede. Eso es lo que hemos dicho… Espérenos usted para explicarle. Mire, vamos a comenzar por donde íbamos…

Pero él no nos quiso oír.

Así nos han dado esta tierra. Y en este comal[35] acalorado quieren que sembremos semillas de algo, para ver si algo retoña y se levanta. Pero nada se le-

---

34   Se refiere a la extensión de tierra capaz de ser arada con una yunta de bueyes; esto es, dos bueyes o animales de labranza.

35   Término nahuatl para designar un tipo de utensilio de cocina, para cocción.

vantará de aquí. Ni zopilotes[36]. Uno los ve allá cada y cuando, muy arriba, volando a la carrera; tratando de salir lo más pronto posible de este blanco terregal endurecido, donde nada se mueve y por donde uno camina como reculando.

Melitón dice:

—Esta es la tierra que nos han dado.

Faustino dice:

—¿Qué?

Yo no digo nada. Yo pienso: «Melitón no tiene la cabeza en su lugar. Ha de ser el calor el que lo hace hablar así. El calor que le ha traspasado el sombrero y le ha calentado la cabeza. Y si no, ¿por qué dice lo que dice? ¿Cuál tierra nos han dado, Melitón? Aquí no hay ni la tantita que necesitaría el viento para jugar a los remolinos».

Melitón vuelve a decir:

—Servirá de algo. Servirá aunque sea para correr yeguas.

—¿Cuáles yeguas? —le pregunta Esteban.

Yo no me había fijado bien a bien en Esteban. Ahora que habla, me fijo en él. Lleva puesto un gabán que le llega al ombligo, y debajo del gabán saca la cabeza algo así como una gallina.

Sí, es una gallina colorada la que lleva Esteban debajo del gabán. Se le ven los ojos dormidos y el pico abierto como si bostezara. Yo le pregunto:

—Oye, Teban, ¿dónde pepenaste esa gallina?

---

36 Buitre negro.

—Es la mía —dice él.

—No la traías antes. ¿Dónde la mercaste, eh?

—No la merqué, es la gallina de mi corral.

—Entonces te la trajiste de bastimento, ¿no?

—No, la traigo para cuidarla. Mi casa se quedó sola y sin nadie para que le diera de comer; por eso me la traje. Siempre que salgo lejos cargo con ella.

—Allí escondida se te va a ahogar. Mejor sácala al aire.

Él se la acomoda debajo del brazo y le sopla el aire caliente de su boca. Luego dice:

—Estamos llegando al derrumbadero.

Yo ya no oigo lo que sigue diciendo Esteban. Nos hemos puesto en fila para bajar la barranca y él va mero adelante. Se ve que ha agarrado a la gallina por las patas y la zangolotea[37] a cada rato, para no golpearle la cabeza contra las piedras.

Conforme bajamos, la tierra se hace buena. Sube polvo desde nosotros como si fuera un atajo de mulas lo que bajara por allí; pero nos gusta llenarnos de polvo. Nos gusta. Después de venir durante once horas pisando la dureza del llano, nos sentimos muy a gusto envueltos en aquella cosa que brinca sobre nosotros y sabe a tierra.

Por encima del río, sobre las copas verdes de las casuarinas, vuelan parvadas de chachalacas verdes. Eso también es lo que nos gusta.

---

37 Modismo argentino, significa moverla con violencia y de forma continuada.

Ahora los ladridos de los perros se oyen aquí, junto a nosotros, y es que el viento que viene del pueblo retacha en la barranca y la llena de todos sus ruidos.

Esteban ha vuelto a abrazar su gallina cuando nos acercamos a las primeras casas. Le desata las patas para desentumecerla, y luego él y su gallina desaparecen detrás de unos tepemezquites.

—¡Por aquí arriendo yo! —nos dice Esteban.

Nosotros seguimos adelante, más adentro del pueblo.

La tierra que nos han dado está allá arriba.

Un día de estos

Gabriel García Márquez
(Colombia)

El lunes amaneció tibio y sin lluvia. Don Aurelio Escovar, dentista sin título y buen madrugador, abrió su gabinete a las seis. Sacó de la vidriera una dentadura postiza montada aún en el molde de yeso y puso sobre la mesa un puñado de instrumentos que ordenó de mayor a menor, como en una exposición. Llevaba una camisa a rayas, sin cuello, cerrada arriba con un botón dorado, y los pantalones sostenidos con cargadores elásticos. Era rígido, enjuto, con una mirada que raras veces correspondía a la situación, como la mirada de los sordos.

Cuando tuvo las cosas dispuestas sobre la mesa rodó la fresa hacia el sillón de resortes y se sentó a pulir la dentadura postiza. Parecía no pensar en lo que hacía, pero trabajaba con obstinación, pedaleando en la fresa incluso cuando no se servía de ella.

Después de las ocho hizo una pausa para mirar el cielo por la ventana y vio dos gallinazos pensativos que se secaban al sol en el caballete de la casa vecina. Siguió trabajando con la idea de que antes del almuerzo volvería a llover. La voz destemplada de su hijo de once años lo sacó de su abstracción.

—Papá.

—Qué.

—Dice el alcalde que si le sacas una muela.

—Dile que no estoy aquí.

Estaba puliendo un diente de oro. Lo retiró a la distancia del brazo y lo examinó con los ojos a medio cerrar. En la salita de espera volvió a gritar su hijo.

—Dice que sí estás porque te está oyendo.

El dentista siguió examinando el diente. Solo cuando lo puso en la mesa con los trabajos terminados, dijo:

—Mejor.

Volvió a operar la fresa. De una cajita de cartón donde guardaba las cosas por hacer, sacó un puente de varias piezas y empezó a pulir el oro.

—Papá.

—Qué.

Aún no había cambiado de expresión.

—Dice que si no le sacas la muela te pega un tiro.

Sin apresurarse, con un movimiento extremadamente tranquilo, dejó de pedalear en la fresa[38], la retiró del sillón y abrió por completo la gaveta inferior de la mesa. Allí estaba el revólver.

—Bueno —dijo—. Dile que venga a pegármelo.

---

38   Instrumento propio de los dentistas.

Hizo girar el sillón hasta quedar de frente a la puerta, la mano apoyada en el borde de la gaveta[39]. El alcalde apareció en el umbral. Se había afeitado la mejilla izquierda, pero en la otra, hinchada y dolorida, tenía una barba de cinco días. El dentista vio en sus ojos marchitos muchas noches de desesperación. Cerró la gaveta con la punta de los dedos y dijo suavemente:

—Siéntese.

—Buenos días —dijo el alcalde.

—Buenos —dijo el dentista.

Mientras hervían los instrumentos, el alcalde apoyó el cráneo en el cabezal de la silla y se sintió mejor. Respiraba un olor glacial. Era un gabinete pobre: una vieja silla de madera, la fresa de pedal, y una vidriera con pomos de loza. Frente a la silla, una ventana con un cancel de tela hasta la altura de un hombre. Cuando sintió que el dentista se acercaba, el alcalde afirmó los talones y abrió la boca.

Don Aurelio Escovar le movió la cara hacia la luz. Después de observar la muela dañada, ajustó la mandíbula con una cautelosa presión de los dedos.

—Tiene que ser sin anestesia —dijo.

—¿Por qué?

—Porque tiene un absceso[40].

---

39 Cajón corredizo.

40 Término médico para designar la acumulación de pus que se produce en los tejidos orgánicos y que se caracteriza por la inflamación e hinchazón.

El alcalde lo miró en los ojos.

—Está bien —dijo, y trató de sonreír. El dentista no le correspondió. Llevó a la mesa de trabajo la cacerola con los instrumentos hervidos y los sacó del agua con unas pinzas frías, todavía sin apresurarse. Después rodó la escupidera con la punta del zapato y fue a lavarse las manos en el aguamanil. Hizo todo sin mirar al alcalde. Pero el alcalde no lo perdió de vista.

Era una cordal inferior. El dentista abrió las piernas y apretó la muela con el gatillo caliente. El alcalde se aferró a las barras de la silla, descargó toda su fuerza en los pies y sintió un vacío helado en los riñones, pero no soltó un suspiro. El dentista solo movió la muñeca. Sin rencor, más bien con una amarga ternura, dijo:

—Aquí nos paga veinte muertos, teniente.

El alcalde sintió un crujido de huesos en la mandíbula y sus ojos se llenaron de lágrimas. Pero no suspiró hasta que no sintió salir la muela. Entonces la vio a través de las lágrimas. Le pareció tan extraña a su dolor, que no pudo entender la tortura de sus cinco noches anteriores. Inclinado sobre la escupidera, sudoroso, jadeante, se desabotonó la guerrera y buscó a tientas el pañuelo en el bolsillo del pantalón. El dentista le dio un trapo limpio.

—Séquese las lágrimas —dijo.

El alcalde lo hizo. Estaba temblando. Mientras el dentista se lavaba las manos, vio el cielorraso desfondado y una telaraña polvorienta con huevos de araña e insectos muertos. El dentista regresó secándose las manos. «Acuéstese —dijo— y haga buches de agua de sal». El alcalde se puso de pie, se despidió con un displicente saludo militar, y se dirigió a la puerta estirando las piernas, sin abotonarse la guerrera.

—Me pasa la cuenta —dijo.

—¿A usted o al municipio?

El alcalde no lo miró. Cerró la puerta, y dijo, a través de la red metálica.

—Es la misma vaina[41].

---

41   Frase hecha. «Es lo mismo», «la misma cosa».

En memoria
de Paulina

Adolfo Bioy Casares
(Argentina)

Siempre quise a Paulina. En uno de mis primeros recuerdos, Paulina y yo estamos ocultos en una oscura glorieta de laureles, en un jardín con dos leones de piedra. Paulina me dijo: Me gusta el azul, me gustan las uvas, me gusta el hielo, me gustan las rosas, me gustan los caballos blancos. Yo comprendí que mi felicidad había empezado, porque en esas preferencias podía identificarme con Paulina. Nos parecimos tan milagrosamente que en un libro sobre la final reunión de las almas en el alma del mundo, mi amiga escribió en el margen: Las nuestras ya se reunieron. «Nuestras», en aquel tiempo, significaba la de ella y la mía.

Para explicarme ese parecido argumenté que yo era un apresurado y remoto borrador de Paulina. Recuerdo que anoté en mi cuaderno: Todo poema es un borrador de la Poesía y en cada cosa hay una prefiguración de Dios. Pensé también: En lo que me parezca a Paulina estoy a salvo. Veía (y aún hoy veo) la identificación con Paulina como la mejor posibilidad de mi ser, como el refugio en donde me libraría de mis defectos naturales, de la torpeza, de la negligencia, de la vanidad.

La vida fue una dulce costumbre que nos llevó a esperar, como algo natural y cierto, nuestro futuro matrimonio. Los padres de Paulina, insensibles al prestigio literario prematuramente alcanzado, y perdido, por mí, prometieron dar el consentimiento cuando me doctorara. Muchas veces nosotros imaginábamos un ordenado porvenir, con tiempo suficiente para trabajar, para viajar y para querernos. Lo imaginábamos con tanta vividez que nos persuadíamos de que ya vivíamos juntos.

Hablar de nuestro casamiento no nos inducía a tratarnos como novios. Toda la infancia la pasamos juntos y seguía habiendo entre nosotros una pudorosa amistad de niños. No me atrevía a encarnar el papel de enamorado y a decirle, en tono solemne: Te quiero. Sin embargo, cómo la quería, con qué amor atónito y escrupuloso yo miraba su resplandeciente perfección.

A Paulina le agradaba que yo recibiera amigos. Preparaba todo, atendía a los invitados, y, secretamente, jugaba a ser dueña de casa. Confieso que esas reuniones no me alegraban. La que ofrecimos para que Julio Montero conociera a escritores no fue una excepción.

La víspera, Montero me había visitado por primera vez. Esgrimía, en la ocasión, un copioso manuscrito y el despótico derecho que la obra inédita confiere sobre el tiempo del prójimo. Un rato después de la visita yo había olvidado esa cara hirsuta y casi negra. En lo que se refiere al cuento que me leyó —Montero me había encarecido que le dijera con toda sinceridad si el impacto de su amargura resultaba demasiado fuerte—, acaso fuera notable porque revelaba un vago propósito de imitar a escritores positivamente diversos. La idea central era que si una determinada melodía surge de una relación entre el violín y los movimientos del violinista, de una determinada relación entre movimiento y materia surgía el alma de cada persona. El héroe del cuento fabricaba una máquina para producir almas (una suerte de bastidor, con maderas y piolines). Después el héroe moría. Velaban y enterraban el cadáver; pero él estaba secretamente vivo en el bastidor. Hacia el último párrafo, el bastidor aparecía, junto a un estereoscopio y un trípode con una piedra de galena, en el cuarto donde había muerto una señorita.

Cuando logré apartarlo de los problemas de su argumento, Montero manifestó una extraña ambición por conocer a escritores.

—Vuelva mañana por la tarde —le dije—. Le presentaré a algunos.

Se describió a sí mismo como un salvaje y aceptó la invitación. Quizá movido por el agrado de verlo partir, bajé con él hasta la puerta de calle. Cuando salimos del ascensor, Montero descubrió el jardín que hay en el patio. A veces, en la tenue luz de la tarde, viéndolo a través del portón de vidrio que lo separa del hall, ese diminuto jardín sugiere la misteriosa imagen de un bosque en el fondo de un lago. De noche, proyectores de luz lila y de luz anaranjada lo convierten en un horrible paraíso de caramelo. Montero lo vio de noche.

—Le seré franco —me dijo, resignándose a quitar los ojos del jardín—. De cuanto he visto en la casa esto es lo más interesante.

Al otro día Paulina llegó temprano; a las cinco de la tarde ya tenía todo listo para el recibo. Le mostré una estatuita china, de piedra verde, que yo había comprado esa mañana en un anticuario. Era un caballo salvaje, con las manos en el aire y la crin levantada. El vendedor me aseguró que simbolizaba la pasión.

Paulina puso el caballito en un estante de la biblioteca y exclamó: Es hermoso como la primera pasión de una vida. Cuando le dije que se lo regalaba, impulsivamente me echó los brazos al cuello y me besó.

Tomamos el té en el antecomedor. Le conté que me habían ofrecido una beca para estudiar dos años en Londres. De pronto creímos en un inmediato casamiento, en el viaje, en nuestra vida en Inglaterra (nos parecía tan inmediata como el casamiento). Consideramos pormenores de economía doméstica; las privaciones, casi dulces, a que nos someteríamos; la distribución de horas de estudio, de paseo, de reposo y, tal vez, de trabajo; lo que haría Paulina mientras yo asistiera a los cursos; la ropa y los libros que llevaríamos. Después de un rato de proyectos, admitimos que yo tendría que renunciar a la beca. Faltaba una semana para mis exámenes, pero ya era evidente que los padres de Paulina querían postergar nuestro casamiento.

Empezaron a llegar los invitados. Yo no me sentía feliz. Cuando conversaba con una persona, solo pensaba en pretextos para dejarla. Proponer un tema que interesara al interlocutor me parecía imposible. Si quería recordar algo, no tenía memoria o la tenía demasiado lejos. Ansioso, fútil, abatido, pasaba de un grupo a otro, deseando que la gente se fuera, que nos quedáramos solos, que llegara el momento, ay, tan breve, de acompañar a Paulina hasta su casa.

Cerca de la ventana, mi novia hablaba con Montero. Cuando la miré, levantó los ojos e inclinó hacia mí su cara perfecta. Sentí que en la ternura de Paulina había un refugio inviolable, en donde estábamos solos. ¡Cómo anhelé decirle que la quería! Tomé la firme resolución de abandonar esa misma noche mi pueril y absurda vergüenza de hablarle de amor. Si ahora pudiera (suspiré) comunicarle mi pensamiento. En su mirada palpitó una generosa, alegre y sorprendida gratitud.

Paulina me preguntó en qué poema un hombre se aleja tanto de una mujer que no la saluda cuando la encuentra en el cielo. Yo sabía que el poema era de Browning[42] y vagamente recordaba los versos. Pasé el resto de la tarde buscándolos en la edición de Oxford. Si no me dejaban con Paulina, buscar algo para ella era preferible a conversar con otras personas, pero estaba singularmente ofuscado y me pregunté si la imposibilidad de encontrar el poema no entrañaba un presagio. Miré hacia la ventana. Luis Alberto Morgan, el pianista, debió de notar mi ansiedad, porque me dijo:

—Paulina está mostrando la casa a Montero.

Me encogí de hombros, oculté apenas el fastidio y simulé interesarme, de nuevo, en el libro de Browning. Oblicuamente vi a Morgan entrando en mi cuarto. Pensé: Va a llamarla. En seguida reapareció con Paulina y con Montero.

Por fin alguien se fue; después, con despreocupación y lentitud partieron otros. Llegó un momento en que solo quedamos Paulina, yo y Montero. Entonces, como lo temí, exclamó Paulina:

—Es muy tarde. Me voy.

Montero intervino rápidamente:

—Si me permite, la acompañaré hasta su casa.

—Yo también te acompañaré —respondí.

Le hablé a Paulina, pero miré a Montero. Pretendí que los ojos le comunicaran mi desprecio y mi odio.

---

42 Referencia al autor inglés del s. XIX Robert Browning.

Al llegar abajo, advertí que Paulina no tenía el caballito chino. Le dije:

—Has olvidado mi regalo.

Subí al departamento y volví con la estatuita. Los encontré apoyados en el portón de vidrio, mirando el jardín. Tomé del brazo a Paulina y no permití que Montero se le acercara por el otro lado. En la conversación prescindí ostensiblemente de Montero.

No se ofendió. Cuando nos despedimos de Paulina, insistió en acompañarme hasta casa. En el trayecto habló de literatura, probablemente con sinceridad y con fervor. Me dije: Él es el literato; yo soy un hombre cansado, frívolamente preocupado con una mujer. Consideré la incongruencia que había entre su vigor físico y su debilidad literaria. Pensé: un caparazón lo protege; no le llega lo que siente el interlocutor. Miré con odio sus ojos despiertos, su bigote hirsuto, su pescuezo fornido.

Aquella semana casi no vi a Paulina. Estudié mucho. Después del último examen, la llamé por teléfono. Me felicitó con una insistencia que no parecía natural y dijo que al fin de la tarde iría a casa.

Dormí la siesta, me bañé lentamente y esperé a Paulina hojeando un libro sobre los *Faustos* de Müller y de Lessing.

Al verla, exclamé:

—Estás cambiada.

—Sí —respondió—. ¡Cómo nos conocemos! No necesito hablar para que sepas lo que siento.

Nos miramos en los ojos, en un éxtasis de beatitud.

—Gracias —contesté.

Nada me conmovía tanto como la admisión, por parte de Paulina, de la entrañable conformidad de nuestras almas. Confiadamente me abandoné a ese halago. No sé cuándo me pregunté (incrédulamente) si las palabras de Paulina ocultarían otro sentido. Antes de que yo considerara esta posibilidad, Paulina emprendió una confusa explicación. Oí de pronto:

—Esa primera tarde ya estábamos perdidamente enamorados

Me pregunté quiénes estaban enamorados. Paulina continuó.

—Es muy celoso. No se opone a nuestra amistad, pero le juré que, por un tiempo, no te vería.

Yo esperaba, aún, la imposible aclaración que me tranquilizara. No sabía si Paulina hablaba en broma o en serio. No sabía qué expresión había en mi rostro. No sabía lo desgarradora que era mi congoja. Paulina agregó:

—Me voy. Julio está esperándome. No subió para no molestarnos.

—¿Quién? —pregunté.

En seguida temí —como si nada hubiera ocurrido— que Paulina descubriera que yo era un impostor y que nuestras almas no estaban tan juntas.

Paulina contestó con naturalidad:

—Julio Montero.

La respuesta no podía sorprenderme; sin embargo, en aquella tarde horrible, nada me conmovió tanto como esas dos palabras. Por primera vez me sentí lejos de Paulina. Casi con desprecio le pregunté:

—¿Van a casarse?

No recuerdo qué me contestó. Creo que me invitó a su casamiento.

Después me encontré solo. Todo era absurdo. No había una persona más incompatible con Paulina (y conmigo) que Montero. ¿O me equivocaba? Si Paulina quería a ese hombre, tal vez nunca se había parecido a mí. Una abjuración no me bastó; descubrí que muchas veces yo había entrevisto la espantosa verdad.

Estaba muy triste, pero no creo que sintiera celos. Me acosté en la cama, boca abajo. Al estirar una mano, encontré el libro que había leído un rato antes. Lo arrojé lejos de mí, con asco.

Salí a caminar. En una esquina miré una calesita[43]. Me parecía imposible seguir viviendo esa tarde.

Durante años la recordé y como prefería los dolorosos momentos de la ruptura (porque los había pasado con Paulina) a la ulterior soledad, los

---

43 Carrusel o tiovivo. Muy típicas de Buenos Aires.

recorría y los examinaba minuciosamente y volvía a vivirlos. En esta angustiada cavilación creía descubrir nuevas interpretaciones para los hechos. Así, por ejemplo, en la voz de Paulina declarándome el nombre de su amado, sorprendí una ternura que, al principio, me emocionó. Pensé que la muchacha me tenía lástima y me conmovió su bondad como antes me conmovía su amor. Luego, recapacitando, deduje que esa ternura no era para mí sino para el nombre pronunciado.

Acepté la beca, y, silenciosamente, me ocupé en los preparativos del viaje. Sin embargo, la noticia trascendió. En la última tarde me visitó Paulina.

Me sentía alejado de ella, pero cuando la vi me enamoré de nuevo. Sin que Paulina lo dijera, comprendí que su aparición era furtiva. La tomé de las manos, trémulo de agradecimiento. Paulina exclamó:

—Siempre te querré. De algún modo, siempre te querré más que a nadie.

Tal vez creyó que había cometido una traición. Sabía que yo no dudaba de su lealtad hacia Montero, pero como disgustada por haber pronunciado palabras que entrañaran —si no para mí, para un testigo imaginario— una intención desleal, agregó rápidamente:

—Es claro, lo que siento por ti no cuenta. Estoy enamorada de Julio.

Todo lo demás, dijo, no tenía importancia. El pasado era una región desierta en que ella había esperado a Montero. De nuestro amor, o amistad, no se acordó.

Después hablamos poco. Yo estaba muy resentido y fingí tener prisa. La acompañé en el ascensor. Al abrir la puerta retumbó, inmediata, la lluvia.

—Buscaré un taxímetro —dije.

Con una súbita emoción en la voz, Paulina me gritó:

—Adiós, querido.

Cruzó, corriendo, la calle y desapareció a lo lejos. Me volví, tristemente. Al levantar los ojos vi a un hombre agazapado en el jardín. El hombre se incorporó y apoyó las manos y la cara contra el portón de vidrio. Era Montero.

Rayos de luz lila y de luz anaranjada se cruzaban sobre un fondo verde, con boscajes oscuros. La cara de Montero, apretada contra el vidrio mojado, parecía blanquecina y deforme.

Pensé en acuarios, en peces en acuarios. Luego, con frívola amargura, me dije que la cara de Montero sugería otros monstruos: los peces deformados por la presión del agua, que habitan el fondo del mar.

Al otro día, a la mañana, me embarqué. Durante el viaje, casi no salí del camarote. Escribí y estudié mucho.

Quería olvidar a Paulina. En mis dos años de Inglaterra evité cuanto pudiera recordármela: desde los encuentros con argentinos hasta los pocos telegramas de Buenos Aires que publicaban los diarios. Es verdad que se me aparecía en el sueño, con una vividez tan persuasiva y tan real, que me pregunté si mi alma no contrarrestaba de noche las privaciones que yo le imponía en la vigilia. Eludí obstinadamente su recuerdo. Hacia el fin del primer año, logré excluirla de mis noches, y, casi, olvidarla.

La tarde que llegué de Europa volví a pensar en Paulina. Con aprehensión me dije que tal vez en casa los recuerdos fueran demasiado vivos. Cuando entré en mi cuarto sentí alguna emoción y me detuve respetuosamente, conmemorando el pasado y los extremos de alegría y de congoja que yo había conocido. Entonces tuve una revelación vergonzosa. No me conmovían secretos monumentos de nuestro amor, repentinamente manifestados en lo más íntimo de la memoria; me conmovía la enfática luz que entraba por la ventana, la luz de Buenos Aires.

A eso de las cuatro fui hasta la esquina y compré un kilo de café. En la panadería, el patrón me reconoció, me saludó con estruendosa cordialidad y me informó que desde hacía mucho tiempo —seis meses por lo menos— yo no lo honraba con mis compras. Después de estas amabilidades le pedí, tímido y resignado, medio kilo de pan. Me preguntó, como siempre:

—¿Tostado o blanco?

Le contesté, como siempre:

—Blanco.

Volví a casa. Era un día claro como un cristal y muy frío.

Mientras preparaba el café pensé en Paulina. Hacia el fin de la tarde solíamos tomar una taza de café negro.

Como en un sueño pasé de una afable y ecuánime indiferencia a la emoción, a la locura, que me produjo la aparición de Paulina. Al verla caí de rodillas, hundí la cara entre sus manos y lloré por primera vez todo el dolor de haberla perdido.

Su llegada ocurrió así: tres golpes resonaron en la puerta; me pregunté quién sería el intruso; pensé que por su culpa se enfriaría el café; abrí, distraídamente.

Luego —ignoro si el tiempo transcurrido fue muy largo o muy breve— Paulina me ordenó que la siguiera. Comprendí que ella estaba corrigiendo, con la persuasión de los hechos, los antiguos errores de nuestra conducta. Me parece (pero además de recaer en los mismos errores, soy infiel a esa tarde) que los corrigió con excesiva determinación. Cuando me pidió que la tomara de la mano («¡La mano!», me dijo. «¡Ahora!») me abandoné a la dicha. Nos miramos en los ojos y, como dos ríos confluentes, nuestras almas también se unieron. Afuera, sobre el techo, contra las paredes, llovía. Interpreté esa lluvia —que era el mundo entero surgiendo, nuevamente— como una pánica expansión de nuestro amor. La emoción no me impidió, sin embargo, descubrir que Montero había contaminado la conversación de Paulina. Por momentos, cuando ella hablaba, yo tenía la ingrata impresión de oír a mi rival. Reconocí la característica pesadez de las frases; reconocí las ingenuas y trabajosas tentativas de encontrar el término exacto; reconocí, todavía apuntando vergonzosamente, la inconfundible vulgaridad.

Con un esfuerzo pude sobreponerme. Miré el rostro, la sonrisa, los ojos. Ahí estaba Paulina, intrínseca y perfecta. Ahí no me la habían cambiado.

Entonces, mientras la contemplaba en la mercurial penumbra del espejo, rodeada por el marco de guirnaldas, de coronas y de ángeles negros, me pareció distinta. Fue como si descubriera otra versión de Paulina; como si la viera de un modo nuevo. Di gracias por la separación, que me había interrumpido el hábito de verla, pero que me la devolvía más hermosa.

Paulina dijo:

—Me voy. Julio me espera.

Advertí en su voz una extraña mezcla de menosprecio y de angustia, que me desconcertó. Pensé melancólicamente: Paulina, en otros tiempos, no hubiera traicionado a nadie. Cuando levanté la mirada, se había ido.

Tras un momento de vacilación la llamé. Volví a llamarla, bajé a la entrada, corrí por la calle. No la encontré. De vuelta, sentí frío. Me dije: «Ha refrescado. Fue un simple chaparrón». La calle estaba seca.

Cuando llegué a casa vi que eran las nueve. No tenía ganas de salir a comer; la posibilidad de encontrarme con algún conocido, me acobardaba. Preparé un poco de café. Tomé dos o tres tazas y mordí la punta de un pan.

No sabía siquiera cuándo volveríamos a vernos. Quería hablar con Paulina. Quería pedirle que me aclarara unas dudas (unas dudas que me atormentaban y que ella aclararía sin dificultad). De pronto, mi ingratitud me asustó. El destino me deparaba toda la dicha y yo no estaba contento. Esa tarde era la culminación de nuestras vidas. Paulina lo había comprendido así. Yo mismo lo había comprendido. Por eso casi no hablamos. (Hablar, hacer preguntas hubiera sido, en cierto modo, diferenciarnos).

Me parecía imposible tener que esperar hasta el día siguiente para ver a Paulina. Con premioso alivio determiné que iría esa misma noche a casa de Montero. Desistí muy pronto; sin hablar antes con Paulina, no podía visitarlos. Resolví buscar a un amigo —Luis Alberto Morgan me pareció el más indicado— y pedirle que me contara cuanto supiera de la vida de Paulina durante mi ausencia.

Luego pensé que lo mejor era acostarme y dormir. Descansado, vería todo con más comprensión. Por otra parte, no estaba dispuesto a que me hablaran frívolamente de Paulina. Al entrar en la cama tuve la impresión de entrar en un cepo (recordé, tal vez, noches de insomnio, en que uno se queda en la cama para no reconocer que está desvelado). Apagué la luz.

No cavilaría más sobre la conducta de Paulina. Sabía demasiado poco para comprender la situación. Ya que no podía hacer un vacío en la mente y dejar de pensar, me refugiaría en el recuerdo de esa tarde.

Seguiría queriendo el rostro de Paulina aun si encontraba en sus actos algo extraño y hostil que me alejaba de ella. El rostro era el de siempre, el puro y maravilloso que me había querido antes de la abominable aparición de Montero. Me dije: Hay una fidelidad en las caras, que las almas quizá no comparten.

¿O todo era un engaño? ¿Yo estaba enamorado de una ciega proyección de mis preferencias y repulsiones? ¿Nunca había conocido a Paulina?

Elegí una imagen de esa tarde —Paulina ante la oscura y tersa profundidad del espejo— y procuré evocarla. Cuando la entreví, tuve una revelación instantánea: dudaba porque me olvidaba de Paulina. Quise consagrarme a la contemplación de su imagen. La fantasía y la memoria son facultades caprichosas: evocaba el pelo despeinado, un pliegue del vestido, la vaga penumbra circundante, pero mi amada se desvanecía.

Muchas imágenes, animadas de inevitable energía, pasaban ante mis ojos cerrados. De pronto hice un descubrimiento. Como en el borde oscuro de un abismo, en un ángulo del espejo, a la derecha de Paulina, apareció el caballito de piedra verde.

La visión, cuando se produjo, no me extrañó; solo después de unos minutos recordé que la estatuita no estaba en casa. Yo se la había regalado a Paulina hacía dos años.

Me dije que se trataba de una superposición de recuerdos anacrónicos (el más antiguo, del caballito; el más reciente, de Paulina). La cuestión quedaba dilucidada, yo estaba tranquilo y debía dormirme. Formulé entonces una reflexión vergonzosa y, a la luz de lo que averiguaría después, patética. «Si no me duermo pronto —pensé— mañana estaré demacrado y no le gustaré a Paulina».

Al rato advertí que mi recuerdo de la estatuita en el espejo del dormitorio no era justificable. Nunca la puse en el dormitorio. En casa, la vi únicamente en el otro cuarto (en el estante o en manos de Paulina o en las mías).

Aterrado, quise mirar de nuevo esos recuerdos. El espejo reapareció, rodeado de ángeles y de guirnaldas de madera, con Paulina en el centro y el caballito a la derecha. Yo no estaba seguro de que reflejara la habitación. Tal vez la reflejaba, pero de un modo vago y sumario. En cambio el caballito se encabritaba nítidamente en el estante de la biblioteca. La biblioteca abarcaba todo el fondo y en la oscuridad lateral rondaba un nuevo personaje, que no reconocí en el primer momento. Luego, con escaso interés, noté que ese personaje era yo.

Vi el rostro de Paulina, lo vi entero (no por partes), como proyectado hasta mí por la extrema intensidad de su hermosura y de su tristeza. Desperté llorando.

No sé desde cuándo dormía. Sé que el sueño no fue inventivo. Continuó, insensiblemente, mis imaginaciones y reprodujo con fidelidad las escenas de la tarde.

Miré el reloj. Eran las cinco. Me levantaría temprano y, aun a riesgo de enojar a Paulina, iría a su casa. Esta resolución no mitigó mi angustia.

Me levanté a las siete y media, tomé un largo baño y me vestí despacio.

Ignoraba dónde vivía Paulina. El portero me prestó la guía de teléfonos y la Guía Verde. Ninguna registraba la dirección de Montero. Busqué el nombre de Paulina; tampoco figuraba. Comprobé, asimismo, que en la antigua casa de Montero vivía otra persona. Pensé preguntar la dirección a los padres de Paulina.

No los veía desde hacía mucho tiempo (cuando me enteré del amor de Paulina por Montero, interrumpí el trato con ellos). Ahora, para disculparme, tendría que historiar mis penas. Me faltó el ánimo.

Decidí hablar con Luis Alberto Morgan. Antes de las once no podía presentarme en su casa. Vagué por las calles, sin ver nada, o atendiendo con momentánea aplicación a la forma de una moldura en una pared o al sentido de una palabra oída al azar. Recuerdo que en la plaza Independencia una mujer, con los zapatos en una mano y un libro en la otra, se paseaba descalza por el pasto[44] húmedo.

Morgan me recibió en la cama, abocado a un enorme tazón, que sostenía con ambas manos. Entreví un líquido blancuzco y, flotando, algún pedazo de pan.

—¿Dónde vive Montero? —le pregunté.

Ya había tomado toda la leche. Ahora sacaba del fondo de la taza los pedazos de pan.

—Montero está preso —contestó.

No pude ocultar mi asombro. Morgan continuó:

—¿Cómo? ¿Lo ignoras?

Imaginó, sin duda, que yo ignoraba solamente ese detalle, pero, por gusto de hablar, refirió todo lo ocurrido. Creí perder el conocimiento: caer en un repentino precipicio; ahí también llegaba la voz ceremoniosa, implacable y nítida, que relataba hechos incomprensibles con la monstruosa y persuasiva convicción de que eran familiares.

Morgan me comunicó lo siguiente: Sospechando que Paulina me visitaría, Montero se ocultó en el jardín de casa. La vio salir, la siguió; la interpeló en la calle. Cuando se juntaron curiosos, la subió a un automóvil de alquiler. Anduvieron toda la noche por la Costanera y por los lagos y, a la madrugada,

---

44   Césped.

en un hotel del Tigre, la mató de un balazo. Esto no había ocurrido la noche anterior a esa mañana; había ocurrido la noche anterior a mi viaje a Europa; había ocurrido hacía dos años.

En los momentos más terribles de la vida solemos caer en una suerte de irresponsabilidad protectora y en vez de pensar en lo que nos ocurre dirigimos la atención a trivialidades. En ese momento yo le pregunté a Morgan:

—¿Te acuerdas de la última reunión, en casa, antes de mi viaje?

Morgan se acordaba. Continué:

—Cuando notaste qué yo estaba preocupado y fuiste a mi dormitorio a buscar a Paulina, ¿qué hacía Montero?

—Nada —contestó Morgan, con cierta vivacidad—. Nada. Sin embargo, ahora lo recuerdo: se miraba en el espejo.

Volvía a casa. Me crucé, en la entrada, con el portero. Afectando indiferencia, le pregunté:

—¿Sabe que murió la señorita Paulina?

—¿Cómo no voy a saberlo? —respondió—. Todos los diarios hablaron del asesinato y yo acabé declarando en la policía.

El hombre me miró inquisitivamente.

—¿Le ocurre algo? —dijo, acercándose mucho—. ¿Quiere que lo acompañe?

Le di las gracias y me escapé hacia arriba. Tengo un vago recuerdo de haber forcejeado con una llave; de haber recogido unas cartas, del otro lado de la puerta; de estar con los ojos cerrados, tendido boca abajo, en la cama. Después me encontré frente al espejo, pensando: «Lo cierto es que Paulina me visitó anoche. Murió sabiendo que el matrimonio con Montero había sido una equivocación —una equivocación atroz— y que nosotros éramos la verdad. Volvió desde la muerte, para completar su destino, nuestro destino». Recordé una frase que Paulina escribió, hace años, en un libro: Nuestras almas ya se reunieron. Seguí pensando: «Anoche, por fin. En el momento en que la tomé de la mano». Luego me dije: «Soy indigno de ella: he dudado, he sentido celos. Para quererme vino desde la muerte». Paulina me había perdonado. Nunca nos habíamos querido tanto. Nunca estuvimos tan cerca.

Yo me debatía en esta embriaguez de amor, victoriosa y triste, cuando me pregunté —mejor dicho, cuando mi cerebro, llevado por el simple hábito de proponer alternativas, se preguntó— si no habría otra explicación para la visita de anoche. Entonces, como una fulminación, me alcanzó la verdad.

Quisiera descubrir ahora que me equivoco de nuevo. Por desgracia, como siempre ocurre cuando surge la verdad, mi horrible explicación aclara los hechos que parecían misteriosos. Estos, por su parte, la confirman.

Nuestro pobre amor no arrancó de la tumba a Paulina. No hubo fantasma de Paulina. Yo abracé un monstruoso fantasma de los celos de mi rival.

La clave de lo ocurrido está oculta en la visita que me hizo Paulina en la víspera de mi viaje. Montero la siguió y la esperó en el jardín. La riñó toda la noche y, porque no creyó en sus explicaciones —¿cómo ese hombre entendería la pureza de Paulina?—, la mató a la madrugada.

Lo imaginé en su cárcel, cavilando sobre esa visita, representándosela con la cruel obstinación de los celos.

La imagen que entró en casa, lo que después ocurrió allí, fue una proyección de la horrenda fantasía de Montero. No lo descubrí entonces, porque estaba tan conmovido y tan feliz, que solo tenía voluntad para obedecer a Paulina. Sin embargo, los indicios no faltaron. Por ejemplo, la lluvia. Durante la visita de la verdadera Paulina —en la víspera de mi viaje— no oí la lluvia. Montero, que estaba en el jardín, la sintió directamente sobre su cuerpo. Al imaginarnos, creyó que la habíamos oído. Por eso anoche oí llover. Después me encontré con que la calle estaba seca.

Otro indicio es la estatuita. Un solo día la tuve en casa: el día del recibo. Para Montero quedó como un símbolo del lugar. Por eso apareció anoche.

No me reconocí en el espejo, porque Montero no me imaginó claramente. Tampoco imaginó con precisión el dormitorio. Ni siquiera conoció a Paulina. La imagen proyectada por Montero se condujo de un modo que no es propio de Paulina. Además, hablaba como él.

Urdir esta fantasía es el tormento de Montero. El mío es más real. Es la convicción de que Paulina no volvió porque estuviera desengañada de su amor. Es la convicción de que nunca fui su amor. Es la convicción de que Montero no ignoraba aspectos de su vida que solo he conocido indirectamente. Es la convicción de que al tomarla de la mano —en el supuesto momento de la reunión de nuestras almas— obedecí a un ruego de Paulina que ella nunca me dirigió y que mi rival oyó muchas veces.